生活撒在我们伤口上的盐，

最终都结晶成了照亮彼此的星光。

距离

漂在北京的那群人

汪鑫 著

天津山版传媒集团
天津人民出版社

图书在版编目（ＣＩＰ）数据

距离：漂在北京的那群人 / 汪鑫著. -- 天津：天津人民出版社，2025. 3. -- ISBN 978-7-201-21010-0

Ⅰ. I247.81

中国国家版本馆 CIP 数据核字第 2025V2R158 号

距离：漂在北京的那群人

JULI：PIAO ZAI BEIJING DE NA QUN REN

出　　版　天津人民出版社
出 版 人　刘锦泉
地　　址　天津和平区西康路 35 号康岳大厦
邮政编码　300051
邮购电话　（022）23332469
电子信箱　reader@tjrmcbs.com

责任编辑　苏　晨
策划编辑　赵子源　伍绍东
特约策划　刘慧明　苗　力
装帧设计　青年作家网

印　　刷　永清县晔盛亚胶印有限公司
经　　销　新华书店
开　　本　880 毫米×1230 毫米　1/32
印　　张　8
字　　数　138 千字
版次印次　2025 年 3 月第 1 版　2025 年 3 月第 1 次印刷
定　　价　58.00 元

在霓虹闪烁的北京与魂牵梦萦的故土之间，
丈量漂泊与扎根的距离，梦想与现实的落差里，
让灵魂不再流浪，让身体找到栖息的方向，
从此，心之所向，皆是归处。

请写下您的名字，开启我们的故事……

序

北京，这座古老而又现代的大都市，犹如一部波澜壮阔的史诗，在时间的洪流中书写着无数动人的篇章。在这里，梦想与现实交织，挑战与机遇并存，每一块砖石都承载着无数追梦人的汗水与泪滴。

在这本《距离：漂在北京的那群人》中，我邀请您一同走进一个个真实而又深邃的世界。这里，不是繁华都市的浮光掠影，而是那些与我们擦肩而过，却又与我们息息相关的普通人的生活轨迹。他们或许是一名在写字楼里加班到深夜的程序员，或许是一名在街头巷尾奔跑的快递员，又或许是一名在小区里收废品的老大爷。但无论身份如何，他们都有一个共同的标签——北漂人。

他们为了梦想，远离家乡，来到这座陌生的城市。他们在这座庞大的都市里奋斗、挣扎、坚持、成长，每一次跌倒都让他们更加坚强，每一次失败都让他们更加成熟。他们的故事，是无数北漂人的缩影，是这座城市最真实的写照。

这些故事里，有欢笑也有泪水，有成功也有失败。他们在追求梦想的道路上，或许曾经迷茫、失落，但他们从未放弃。他们的每一次尝试，都是对梦想的坚持；他们的每一次努力，都是对未来的憧憬。这些故事，让我们看到了北漂人的坚韧与毅力，也让我们感受到了这座城市的温度与力量。

这本书不仅仅是个体的经历，更是一部关于青春、梦想、奋斗与成长的史诗。它记录了北漂人在追求梦想过程中的心路历程，展现了他们在这座城市中相互扶持、共同成长的美好画面。愿您在阅读这些故事时，能够感受到他们的喜怒哀乐，能够从中找到自己的影子，能够更加理解这座城市中每一个为梦想而漂泊的灵魂。

让我们一同走进这个真实而又充满希望的世界，与这些北漂人一起分享他们的故事，感受他们的梦想与追求。在这里，我们或许能找到那份久违的共鸣与感动，也能找到那份勇气与力量。

汪鑫

2024年7月1日

目　录

三个孩子的老张

　　老张是一家公司的快递员，高高瘦瘦，比实际年龄看起来要老十来岁。

　　认识老张是在三年前。那天我有事，临近中午才到公司，刚进门，见一名身穿快递工作服的人背对着大门，与前台小李说话，想与我们公司合作，给我们发件。我走到不远处的饮水机旁边，接了半杯水，边喝水边暗自注意两人对话。

　　小李是南方人，长得娇小清秀，是刚入职不久的大学毕业生，还处于实习期。

　　快递员，个子高，至少一米八，看起来有五十多岁，瘦瘦的，有些秃顶，隐约能看到少许白发，工作服下面是一条沾满灰尘的牛仔裤，应该是搬运快递时弄脏的，也可能是几天忙碌没来得及换洗。脚上那双看不出是啥牌子的运动鞋，估计也有好一阵子没有洗刷了。

　　小李指着办公台上摆放的一个快递二维码，微笑着说："我们一直与这家合作，这是他们专属快递员的下单二维码，他家给的费用非常优惠，我们暂时不想换。"

　　快递员显然是做好了被拒绝的心理准备，对小李的回答一点都不意外，他语气非常诚恳地说："我家可以比他家更低，服务更好，我已经了解过，他家是收六块钱一件，我可以给你五块钱一件。平时你们发件多，需要打包装之类的，我可以来帮你们做。"

显然，小李被这价格诱惑到了，也是从公司利益考虑，作为一家文学平台，每天都要给全国各地读者邮寄书稿和新书，虽然新出版的图书大批量是从位于廊坊的库房发走，但是每天从公司办公室这边发出去的件也不少。我们发件量大，能便宜一块钱一件，一年下来也可省不少钱。于是，她就用征询的眼神看向我。她是想看我能不能表态，能不能与快递员谈。

我看了小李一眼，没有说话，手里拿着喝完水的纸杯，往自己办公室走。目前我们与发件的快递公司合作已经有两年多，相处得很愉快，从来没有丢件，收件的小伙子小刘很懂礼貌，见到大家总是"哥""姐"地叫得很甜。我们不能为了省钱，而放弃已经合作很好的合作方。这不是我们的作风。

下午，我正要外出，在门口遇到来收件的小刘，他后面跟着上午见到的那个快递员。小刘二十多岁，长着一副娃娃脸，比那人矮了一大截，两人一对比，小刘倒像个小朋友了。

"哥，以后他来收咱公司的件吧。"小刘在说话时，我明显见到那个快递员满脸拼命在挤出微笑，还在不停地点头，显然他是在等我说一句同意。

"你们是同一家公司的？"我故意问道。快递员派件和收件都是计件提成的，小刘怎么会舍得把这么好的一家客户送人呢？

"不是的。我过几天就要回老家了，家里有些事，不待在北京了。"小刘的语气充满不舍。我对他是有些了解的，他是南方人，大学毕业带着梦想与女朋友一起来北京打拼，谁知不到半年，女朋友与一个富二代好上了，富二代虽然也是外地人，但是在北京有房有车。小刘刚伤心没几天，所在的公司宣告破产倒闭，他在双重打击下躺在床上不吃不喝。一个老乡得知消息来劝慰他，聊天时得知这个干快递的老乡收入比他原来坐办公室要高出一倍，于是在老乡的介绍下，果断成了一名快递员。我公司刚搬到这栋大楼时，他来给我们公司送件，我见他长得很精神，问了一下寄件的价格，二话没说就定他这家了。这一合作就是两年多。

"回老家挺好的，至少房价没有这么高。"我不知道自己说的这句话是安慰，还是鼓励。这几年身边有不少熟人，因各种原因离开了北京，也认识了不少怀揣梦想的人踏进北京。

"哥，让他给咱们公司收件吧。"小刘又说了一句。

我看着他，小刘满眼都是期待。"他叫老张，家有三个孩子，都在老家念书，压力挺大的。"小刘补充了一句。

我看了看蹲在地上正熟练地给快递打包的叫老张的中年男人，点了点头，说："那就以后让小李与他联系吧。"

"好呢好呢，谢谢哥。"小刘刚说完，蹲在地上干活的老张没有站起来，而是抬头望了我一眼，说了句"谢谢领导"，双手却没有停下来，左手压着包装箱，右手上的透明胶布在箱子封口处飞快地缠绕，一圈两圈三圈，然后把包装箱逆转九十度角，在居中的位置，又是一圈两圈三圈地缠绕。

从那以后，老张每天都来我们公司收件，时间久了也就熟悉了，聊天中也就知道了他一些情况。

他老家是西北一个偏远的农村，从村里去一趟县城得先走二十里山路才能到公路上坐上车，村里有老人一辈子都没进过县城。他家里姐弟两人，姐姐在省城打工嫁给一个外省人，随后跟着小伙子回那边老家生活，就再也没有回家，只是偶尔寄一点钱过来。老张初中毕业就跟着村里的人到沿海打工，进过鞋厂、家具厂、塑胶厂，虽然收入不高，但是舍不得花，领到工资就寄回家。就这样，他慢慢地也就攒了些钱，把老家的风大点就能吹倒的那栋老房子给扒掉，盖了新房，有个大大的院子。一切看似向着美好发展。

"院子特别大，是我们村里都排得上名的。"老张好几次跟我提到这句话。我也为此问过他："在工厂打工，你自己不留点零花？"他说："工厂包吃住，我又不抽烟不喝酒，每个月给自己留一百块钱都花不完。"

老张这句话让我感触良多，我老家有个亲戚，也是十多岁就去沿海打工，没有给家里寄过一分钱，到了三十岁还没娶媳妇。有次过年在家，我见到他，问他什么时候结婚，我准备喝喜酒。他说没钱，没哪个女人愿意跟他。我说，你都打工这么长时间，怎会没钱？他说打麻将输掉了。我与他联系得少，只是在微信朋友圈里面偶尔点赞。至今，没有听到他要结婚的消息。算了算年龄，应该也有三十五六岁了。听我妈妈说，老家这种三十多岁还没结婚的男子还有好几个，都是不踏踏实实过日子的。

老张在老家盖了新房子，说亲的人就多了，他很快就相中了一个邻村的姑娘，两人也订了婚，就在准备领结婚证的前几日，老张的父亲在山坡上放羊时，不知道咋回事，一脚踩空，从二十多米高的土坡上摔了下去，到了傍晚才被路过的人发现。老张是准备与邻村姑娘领完结婚证就一起到省城去打工的，当时正好在家，知道消息之后，他与村里几个男子用卸下的门板一起抬着父亲连夜送到县城医院。

老张说："幸好山下的土是松软的，老头的命是保住了，但腰椎颈椎都受了伤，花了很多钱，还从亲戚家借了钱，都没治好，只能在床上躺着了。那女的见到我家这情况，就让媒婆上门把婚退了。"

"你没怨那女的？"我问。

"有什么可怨的，我那种情况，也不想拖累人家。"老张说得很干脆。

"后来呢？"我问。

"后来我就留在家里照顾老头，但是这也不是长久之计，借了亲戚的钱终究要还。待了两个月，我妈说她一个人能照顾得过来，让我出来挣钱。于是，我就经朋友介绍，去做了一个矿工，干到腊月回家过年，就再也不敢去了。"

我问："为什么？"

他说："那一带是私人开采的矿，常常出事故，我担心自己命要是没了，谁照顾我家老头和老妈。"

我知道西北人叫自己的父亲是喊"大"，但是老张跟我说的是"老头"。我想他可能是为了便于我们理解，终究他在外面打工二十多年，走南闯北，能熟练地适应各地的聊天方式。

老张由于有父亲的牵绊，从矿山回来之后，没有选择去沿海，而是去了省城打工。他去过建筑工地，也进过装修队，一直没有找媳妇。即使有人给他介绍对象，女方听到他家的情况，也都不愿意跟他继续相处。他村里跟他同龄的人早已结婚生子。老张说他们当地十八九岁就结婚是很正常的事情，先订婚办酒席，到了合法年龄再领证。就这样过了四年，到了三十岁，他父亲生了一场病走了。这个时候，老张也还清了父亲治病时的欠款。村里又有人开始给他说媳妇了。

很快，老张就娶了媳妇，两人在县城一所中学门口摆摊卖早点，生意不错，一连生了两个女儿和一个儿子。早点摊比较忙，他就把小孩放在农村老家，让母亲照看，自己与媳妇起早贪黑，一心忙着挣钱。两人憧憬着要在县城买套大房子，到时让小孩在城里上学。

哪知道，这样的理想在他媳妇晕倒的那一刻变成了泡沫。那天，老张刚支好摊，他媳妇忽然一把扶着他，说有点头晕。他一看，媳妇的鼻孔里隐隐流出一丝红色的液体，他还以为自己看错了，伸手去擦，越流越多，是血！他赶紧让媳妇坐下来休息，从摊子旁边挂着的一个塑料袋里掏出一卷纸巾，帮媳妇擦。旁边有位正在等着买早点的老师，这位老师常来他家买早点，虽然不知道叫啥名字，但是已经很熟悉了。那个老师见状就说："你赶紧带你媳妇去医院看看吧。"他媳妇听了，边擦鼻血边说没事没事。老张见媳妇说没事，也就放心了，开始张罗生意。直到收摊之后，回到两人租住的小房子，老张见媳妇还是萎靡不振，就强行拖着媳妇去医院。媳妇舍不得花钱，在路上还一个劲儿地埋怨他，说可能是这几天起得太早，没休息好，在家睡会儿就好了。

医院的检查结果很快就出来了：癌症晚期。老张一下子觉得天旋地转。他不甘心放弃，就带着媳妇去市医院、去省医院，找专家，吃药、打针、化疗。有专家私下里跟他说，回家好好休息，吃好喝好吧，别瞎折腾钱了。老张想到家里才几岁大的三个小孩，他不忍心放弃。就这样过了半年，钱花完了，人没了。

他媳妇离开的那天，是在老张盖好的那个大大的院子里。很少下雨的西北，天空下起了小雨，老张抱着他媳妇的遗体，不相信眼前发生的一切。尽管他早已有了心理准备，但是这一天真的来临时，他接受不了。三个未成年的孩子，咋办？他以后咋办？

他把媳妇送上山之后，觉得整个身子垮了，躺在家里干什么活都没有了精神，但是看着三个孩子一双双可怜的眼睛，他只有站了起来。

人生的苦难再多，生活还得继续。老张把三个小孩托付给母亲，自己跑到省城工地上去干活。他依然是舍不得花钱，领到工钱，寄一部分回家给母亲和三个小孩做生活费，其余的都存起来，小孩都上学了，要花钱的地方太多了。农村学校离家太远，小孩上学每天都要走十多公里路，尤其是冬天，天还没亮就得背上书包，打着手电筒去上学，寒风呼呼吹着，有多苦，没有经历过的人是无法想象的。

大女儿有次上学不小心摔了一跤，饭盒摔在地上，午餐的饭菜都撒在地上，那天中午到了学校就没有吃饭。别人吃饭时，她偷偷跑到外面喝了两大饭盒的水。老张后来听说这事，就问她："为什么不让妹妹和弟弟分一点给你？"大女儿说："分给我，他们就吃不饱了，我班里也有同学从来不带饭的，饿了就喝水。"

老张吃过生活的苦，明白读书的重要性，心中有个执念，那就是要让孩子拥有好的学习环境——到县城去读书，即使买不起房子，也要租个像样的房子，让母亲放下农活，全心全意在城里照顾三个孩子的起居，让孩子们有充足的睡眠，能吃到热乎乎的饭菜。

"你不考虑再娶个媳妇吗？"我随口问了老张一句。

老张听了，挠了挠脑袋上倔强生存的那撮头发，自嘲道："从来没有想过。我这种情况谁会跟我呢？三个孩子，哪个女的愿意过来做后妈？有人也给我介绍过，比我大一岁，还带着两个孩子。我一听这情况就吓着了，我养三个孩子已经累得半死，再加两个孩子进来，我还要不要活了？"

老张说的是实情，说是结婚，其实就是搭伙过日子，女方帮你照顾三个小孩，你就得帮人家养两个孩子。看起来是组建新家庭，相互照顾，而对于老张的经济条件来说，这是无法承担得起的。

老张心思只有一个，就是挣钱，不停地出力挣钱，让母亲和三个孩子不愁吃、不愁穿。就这样，等到老张的老幺也读小学的时候，老张经济宽裕些了，就在县城租了一套两室一厅的房子，老大与老二睡一间，母亲带着老幺睡一间。他两三个月回去一次，就睡客厅，住两三天，又赶回工地。

老张说那个时候工地很忙，有些工友都是到了过年才回家，他是见孩子已经缺少了母爱，不能缺父爱啊，无论多忙也要想办法回家待两三天，陪孩子们吃吃饭，逛逛公园。三个孩子很听话，学习用功。

我感叹老张这种责任感，身边很多朋友就算与家人住在一起，每天却在忙着加班和业务上的各种应酬，别说陪孩子逛公园，就是晚餐都没时间在家吃，有时回到家，孩子早已经睡了，第二天早晨，孩子还没起床，自己又匆匆忙忙上班去了。记得当时，我问老张："你在省城干得挺好的，怎么就跑到北京来了呢？这回一趟家，太远了。"

老张叹了口气，然后咬着牙，气愤地说："按照当时的情况，我只要再干两年，攒的钱就能在县城买房子了，谁知道包工头拖欠工资，一拖就是一年，见我们天天来讨薪，就跑了。政府出面找到了他，但是他也没钱支付。传闻他在外面投资了别的项目，被人骗光了，也有人说是被女人骗光了，更有传言说他是被人骗到境外赌钱全输光了。反正就是没有一分钱了，他名下的车子房子早已经被银行查封。最后，法院给他判了几年刑。"

老张的语气充满着无奈，也充满着怨恨。那是我第一次见他愤怒，也是这三年来，见到的唯一一次。在工地里没日没夜地干活，到最后一分钱没有拿到，搁谁身上，谁都会愤怒的。

老张告诉我，他后来又去了一个工地，干了半年，楼盘烂尾了，幸好拿了一部分钱。举目四望，发现没有合适的工作。听人说现在大学毕业生都有去做快递员的，收入不错，他就去快递公司应聘，顺利入职。于是，他就在省城做了一名快递员。几年之后，大女儿考上了当地最好的高中，告诉他，她的理想就是去北京读大学。他一听可高兴了，在网上一打听，发现北京这边做快递员收入比他在省城高很多。他见母亲身体硬朗，二女儿和老幺都已经读初中，如果三个以后都读大学，那更得花钱了。于是他就与家人商量来北京送快递，多挣钱。没想到，母亲和三个孩子都举手赞成。

那次聊到这里的时候，老张笑着说："我来到了北京，他们就会天天念叨着北京，孩子们学习就会更有目标——来北京读大学！我来北京不到半年，就利用空闲时间跑遍了北京所有的大学，拍了很多照片寄回去，我大女儿把照片贴满墙，她跟我说每次学习累的时候，她就看着墙上的这些大学的照片，瞬间就又有力量了。"

老张来到北京，进了一家快递公司，第一天送货时就认识了给我们公司送货的小刘，两人虽然年龄相差二十来岁，但是无话不谈，成了好哥们。

小刘准备离开北京回老家时，就主动让老张接手我公司这边的快递业务。那天上午小刘本来是要陪老张来我们公司的，正巧他要在快递站点卸货赶不过来，就让老张自己过来说说，没想到我们拒绝了老张，小刘在下午收件时只好又带着老张一起来找我。

有次老张来公司取件，我正好也要外出，就与他同坐一趟电梯，就随口聊了起来。我问他："你收件比小刘的还便宜一块钱，你能挣多少？"老张毫不犹豫地说："收件挣一元钱，派件挣一元一角。"我好奇地问："小刘他们收件也是挣一块，但是派件挣五毛钱。"他说："这不奇怪，他公司名气大，找他们发件的客户多，我们公司为了抢市场，所以对我们的奖励也就相对高。"我看到他手里拉着的大大的带着轮子的拖箱，问道："那你一天收入不少，一天有三四百个件吧。"他笑着说："平均下来差不多，我就负责这几栋写字楼，主要靠你们几家大客户，最多的时候一天有七八百个件，少的话一天也有两百来个件。"

老张拉着收快递的拖箱要去另一家公司收件，提前出了电梯。看到他那匆忙的背影，我暗自为老张在北京这座大都市找到一份收入满意的工作而欣慰。

今年八月，一个很平常的日子，窗外是毒辣的太阳，虽然已到下午五点，路上除了几个快递员骑着车在宽阔的马路上穿梭，鲜见行人。那一个个快递员骑着电动三轮，如飞一般奔向一座座写字楼，奔向一个个生活小区，奔向幸福的生活。

已经从前台升为我助理的小李，敲了敲门，后面站着老张。小李说老张找我有点事。认识老张三年，这是他第一次走进我办公室，我请他坐下。小李给他端上一杯水，然后退出了办公室。

"汪老师，我想请您吃饭，您看哪天有空？"老张一脸幸福地看着我，期待我接受他的邀请。

"有什么好事？"我很意外，工作快二十年了，接触过不少快递员，之前也有长期合作的，但是大家都是见面客气地打个招呼，聊几句而已。与我们合作的快递员要请我吃饭，这还是头一次。

他故作神秘地掏出手机，那是一部屏幕碎得像蜘蛛网一样的国产智能机，应该是用了好几年，也不知道摔了多少次才有那么多裂痕。他打开手机，解锁屏保密码，翻出一张照片，递到我面前，略微尴尬地说："前几天不小心把屏摔了，正准备这两天去换，但不影响使用。"

我边接过手机边说："没事，没事。我手机也经常摔坏，只要里面的屏没坏，外面这个屏到网上花几块钱买一个，自己就能换。"

手机里面是一张照片，准确地说是一张名牌大学录取通知书的照片，我放大照片一看，"张莎莎"。

"老张，这是您女儿吧？恭喜恭喜，考上北京名牌大学啦，还是985呢。太好啦！"我兴奋地看着老张。

老张咧着嘴笑，连他脸上和额头上爬满的皱纹也都笑弯了。他点着头自豪地说："就是我家老大，今天刚接到通知书，就高兴地拍照发给我看了。"

我拿着老张手机端详着里面的通知书，嘴里也不停地夸赞："真有出息。您送了这么多年的快递，值得啊。"

老张一直咧着嘴，呵呵笑着："她班就她一个考到北京。我那里比较偏，教育资源相对要差不少，我认为她能考进北京一所普通大学，就已经是烧高香了。成绩出来时，她告诉我，我还以为听错了，她把截图发给我，我自己又用手机查了一遍，才发现是真的。"

"能考到北京来太不容易了，别说您那边，就是大城市的孩子能考进北京985，那也是要费老大力气的。现在小孩学习压力大，竞争激烈。"我边说边把手机递给老张。

老张还是咧着嘴笑着，接过手机，解锁了密码，又仔细看了看里面的录取通知书，眼神满是幸福、自豪。我突然想起，前段时间，我与他在楼道上相遇，他问过我几所学校情况，我当时就说这所学校有些专业录取线相对低，但将来就业很有前景。当时没想到他家女儿今年高考，而我正好对这所学校比较了解。

"您什么时候回去接小孩一起来北京？"我看着老张那副幸福的样子，也为他感到高兴。

老张把手机放进裤兜里，摇了摇头，说道："不回去了，来回一趟也要不少车费钱。她下周就来，要我给她买票呢，说要提前来北京，看天安门，爬长城。"

"不办升学宴？"我问道。考上这么好的大学，对于大部分家长来说，恨不得把亲朋好友都请来吃一顿，一起分享这种喜悦。

"不办了。这几年也有亲戚和村里的小孩参加高考，考得不是很理想，我回去办酒席，别人会咋想？算了，不折腾了。"老张摇了摇头，说完端着杯子喝了口水。

我点了点头，觉得他说得有道理。看着老张那高兴的样子，我对他的经历更感兴趣了，就问："今天您忙不？不忙的话，我们就多聊会儿。"

"不忙不忙，我今天正好休息，上周给同事代班了，今天轮到我休息，所以，我就过来找您。如果上次没有您的建议，我女儿还没机会进这学校呢。您要是没事，下班后我请您吃饭。"老张说。

"饭就不吃了，我们聊聊天吧。等你女儿来了，我请你们两人吃。"我边说边给老张的杯子续上水。

老张咧着嘴，坐在对面，于是拉开了话匣子。

老张告诉我，快递行业虽然收入不错，但也遇到不少糟心事，有时受到委屈了，就想想老家的母亲和三个孩子，逼着自己把眼泪憋回去。谁说男人没有泪，但是流泪了又能怎样？解决不了任何问题，还得继续往前奔。

有次，老张去一家公司送件，那个公司平日也没几个人上班，他按门铃一直没人开门，就给收件人打电话，对方是个女士，说自己在外面有事，要等下午才能来公司，让他把快递件直接放门口。客户不在单位，委托同事签收；或者客户不在家，按要求放在门口，这是常见的事情。老张也想这样做，但是他见这个快递包装得特别好，上面又标注是化妆品，一定价格不菲，就跟客户说那就下午再给送来吧。谁知客户在电话里说就放门口，她也不知道下午具体什么时候回到公司这边。老张见门口地上还堆着几个快递，也是别的快递员放在这里的。他犹豫了一下，就把快递放在门口，拍了一张照片，通过手机短信给对方发了过去确认。

本以为这个事就这样过了，谁知到了下午临近下班时，他接到那个客户电话，说没有在门口看到他送的快递。他当时就在对面楼里面收件，忙跑过去了解情况。

客户是个二十多岁的女生，像刚毕业工作不久的大学生。他以前给这家公司送过几次件，没有见过她。那个女生见他来了，怒气冲冲地问他把快递放哪里了。他打开手机，指着照片说，就放在这里，还给你拍照了，旁边另外还有几个快递件。那女生指着放在前台桌子上的几个件说，其他的件都在这里，就是没有看到他送的那个件，是不是拍完照又把件拿走了？

老张没法解释，只有走到门口观察，才注意到这公司门口附近没有摄像头，电梯过道上的摄像头也看不到这边。那女生见老张拿不出证据，就说这化妆品是花了五千多块钱买的，网上有购物记录和付款凭证，必须赔钱，一分钱不能少。

快递没有让对方亲自签收，现在找不到了确实解释不清楚。老张向女生解释，让她问有没有其他同事帮她拿了。那女生一口回绝说这是他们公司在北京的办事处，最近这段时间就她一个人在这边值班，没有其他同事。

那女生咄咄逼人，又给快递公司总部打电话投诉，说老张偷了她的快递。快递公司的客服安慰了那女生，又给老张打来电话了解情况。老张把事情前因后果都告诉客服，客服说那就找物业查看过道上的摄像头，证明你离开的时候手里没有拿着那个快递，同时也可以通过摄像头看看有哪些人来过这公司，先排查情况。

于是，老张带着那女生去物业管理处查看摄像头录像，用快进的速度看了一个多小时，结果发现老张送件之后，没有人出电梯往这家公司方向去过，而老张送件是拉着快递拖箱去的，里面本来就有很多件，没法证明老张是否把件又带走了。老张说打电话报警，物业说："报警也没用的，你自己看着录像都没法证明，警察怎么能证明呢？"那女生见物业这么说，就闹得更凶，打电话给快递公司总部的态度特别凶，说必须马上赔钱，否则就发消息到网上去曝光。

老张有口难辩，自己确实拿不出证据，快递公司那边也没办法，最后又跟老张工作的快递站点联系，站点经理对老张说自认倒霉吧。为了息事宁人，站点主动承担了1000元，其余4999元由老张自己掏腰包。

第二天，老张与其他快递员谈起这件事情时，有个快递员告诉他，一周前他给这女生送件时也遇到这种情况，丢的是一件衣服，赔了八百多元。

从那之后，每家快递公司给那女生派件时，快递员必须让她当面签收，他们宁愿多跑一趟，也不按那女生要求放门口，或者看到她的快递就先打电话问在不在公司，什么时候在，就什么时候送去。

老张说完这事，心有不甘，但又充满无奈。他说幸好只是几千块钱的事情，算是自己半个月白忙了。但有次骑着电动三轮车撞上人家一辆跑车，让他白忙了两三个月。

老张记得非常清楚，那天是星期一，他送完快递回站点，走在再也熟悉不过的街道上，却发生了意外。

这条道是四车道，实际上只有两条道能通行车辆，由于周围居民楼里面停车位紧张，马路两侧靠人行道的位置就停满了车，等于是各占了一条车道。老张平时骑车经过时总要时不时通过三轮车的反光镜看看后面是否有汽车驶来，如果来车，他就得小心地找个没车停靠的位置让别人超车，或者看到后面的车行驶得慢，他就加速经过这个路段，尽量不影响后面车的正常行驶。

那天中午，路上行驶的车辆不多，老张刚走到那条道中间位置，手机响了，这个点一般都是客户打来的，要么是让他什么时候来取件，要么就是问快递什么时候送到。他就习惯性地一手扶着电动三轮车的方向盘，一手从上衣口袋里面掏出手机。

就在那一瞬间。老张说到这里的时候，还狠狠地拍了一下自己的大腿。

老张拿出手机准备接听时，又习惯性地抬头看一下前方，忽然一个小孩从路边的车前蹿出来，就差两辆车的距离。老张习惯性地往右打方向，右脚狠狠踩死刹车。这动作刚操作完，老张马上就后悔了，如果往左打方向开到左边车道反而好些，因为这个时候左边车道上并没有汽车迎面驶来。但是他潜意识明白开到对面车道上万一出现剐蹭，自己是全责的。所以，他是习惯性地握着方向盘右转。然后，就听到一阵刺耳的撞击声。他的三轮车重重地蹭在路边的一辆跑车上，三轮车又随惯性往前驶去了一个车位的距离，正好把这辆跑车从尾部一直剐蹭到前部车灯，三轮车的车厢在跑车身的侧面留下一道深深刮痕，而且还把前面的车灯也撞裂了。

老张当场头脑一片空白，他紧张得自言自语"完了完了"，他还没从车上下来，旁边店铺里的人听到响声就出来了，很快就围上来五六个人。车主是一个小伙子，不到二十岁。他见状一把抓住老张，然后就拨打电话。

很快，交警来了，保险公司的人也来了。老张全责。那辆车是新车，而且是保时捷911顶配版，车主小伙子说这车是他十八岁生日时妈妈送给他的礼物，这样撞坏了，对他来说不仅仅是赔钱就能解决的，给他造成的精神损失也很大。并且还一个劲儿地说保险公司赔了钱，他也不划算，车灯都要换，变成事故车了，车贬值很多，要老张的快递公司把车开走，给他买辆新车。最后是交警和保险公司出面调解，来来回回折腾了一个礼拜，小伙子才答应赔偿和修车。

按照规定，快递公司通过走保险可以做赔偿，但是因为涉及金额比较大，而老张属于过错方，具有存在重大过失，所以又按照规定，公司向老张进行了个人追偿。

老张说："如果不接那个电话就啥也没事了，就因为那个电话，后来发现还是个推荐买涨停板股票的骗子电话，真是倒了血霉。"

说到这里，老张眼圈红了，他接着说："我从来不喝酒的，但是签完赔偿协议的那天晚上，我买了一瓶啤酒，一个人坐在出租房里，喝着喝着发现自己满脸都是泪水。我们这种人奋斗一辈子，甚至三辈子也得不到的东西，而有些人一出生就轻松拥有。"

是啊，网上有个段子：有些人出生就在罗马，而有些人一出生就是牛马，并且奋斗一辈子也到不了罗马。我看着老张，不知道说什么好，自己不也是一个向罗马赶路的人吗？只不过我的起点比他高一点，但我心中的罗马比他心中的罗马又要高一点。沉默片刻，我唯一能做的就是给他杯子再续水。

"开车可千万不能接打电话，安全第一，我可是花大钱买了大教训。"老张端起杯子喝了一口，说了一句话，也算是打破了沉默。

我点了点头附和道："对啊。吃一堑长一智。"也不由得叹息，快递员这个行业又忙又累，而且也承担了不少不可控的风险。其实哪一个行业不都是这样吗，只是不同的累，不同的风险而已。

两人又聊了一会儿，要下班了，我与老张握手告别，我拿起新买的一箱荔枝，也是我自己最喜欢吃的水果，递到他手里，对他说："您女儿来了，记得告诉我，我要请名牌大学生吃饭。这个是公司今天刚发给我们的福利，我不喜欢吃，您帮忙带回家，别浪费了。"

老张推辞了两下，拗不过我，连说了好几句谢谢，提着荔枝离开了办公室。

看着老张已经离开的门口，我陷入了沉思……

在生活的舞台上，有这样一群人，他们为了子女能过上好日子，毅然决然地背井离乡，踏上了远方的打拼之路。

从此，他们与家的距离，不再是村头到村尾的短短路程，而是城市与乡村之间那数百甚至数千公里的漫长路途。每一次的归途都显得那么珍贵而短暂，每一次的离别都饱含着无尽的不舍与牵挂。

他们与亲人的距离，也不再是朝夕相处的亲密无间。孩子成长的点滴，他们只能通过电话里的只言片语去拼凑；父母逐渐增多的白发，他们只能在偶尔的视频中惊觉。曾经熟悉的家乡口音，在岁月的流逝中变得有些生疏；曾经温暖的家庭聚会，如今只能在回忆中重温。

然而，这遥远的距离并没有消磨他们的爱与责任。他们在异乡的汗水与辛劳，都是为了缩短子女未来道路上的距离，为了让亲人过上更好的生活。

就像老张，在北京奔波送快递，与家的距离虽远，但心中对家人的关怀从未减少，为家庭创造美好生活的决心从未动摇。

距离，或许让他们错过了许多温馨的瞬间，但也让他们心中的爱变得更加深沉和坚定。

情场失意的小刘

小刘是我们公司搬到新办公场地时合作的第一个快递员，二十多岁，个子不高，留着平头，很有精气神，大学毕业才两年，嘴巴说话特别甜，见到人总是"哥""姐"地喊个不停，公司的同事见到他，也喜欢跟他打招呼，偶尔还聊几句。

与小刘认识两年多，虽然没有与他特意聊过生活和工作上的话题，但是他来公司收件时常常主动帮忙给邮寄的产品打包装，与我们同事是无话不谈。我也就通过同事们的聊天，知道了小刘一些情况。

小刘来自南方，从小在县城长大，父母在当地做些小本生意，日子过得还算可以，用他自己的话说属于"小康生活"，在县城里是"比上不足比下有余"。他从小听话，学习也很用功，业余时间喜欢画画，高考时顺利地进了省内的一所211大学，读的是计算机动画专业。小刘说他喜欢打游戏，但是在中学时要好好读书，所以不敢打游戏，只有寒暑假得到父母的允许，才玩那么几次。大学选这个专业，自己就可以参与游戏设计了，不但可以天天打游戏，还可以美其名曰是在学习这些游戏的设计方案。

兴趣是学习的动力，小刘在大学时学习优秀，在毕业招聘会上被深圳一家知名游戏公司看中，向他发出了邀请。他兴高采烈地把这消息告诉女朋友时，却遭到了反对。女朋友的姑妈在北京，女朋友之前就说过毕业之后想去北京工作。小刘说北京遍地都是名牌大学，毕业出来的个个都是人才，自己这水平去了北京担心找不到满意的工作，而深圳这家公司开出的条件很诱人。女朋友说如果去深圳工作，两人就分手。两年的感情，岂能说分手就分手，女朋友学的是文秘专业，形象气质俱佳，小刘是花了很长时间才追到手的，怎么舍得呢。

于是，毕业后小刘与女朋友怀揣着梦想来到了北京，幸运的是两人不到一个月时间就找到了满意的工作，女朋友进了国贸一家世界500强企业做文秘，小刘进了上地一家游戏公司负责游戏的场景制作。两人常常在自己租住的小房间里描绘美好未来：在北京买套大房子，生两个宝宝，最好是一个儿子一个女儿。游戏公司虽然常常加班，但是小刘能吃苦。小刘说每次加班到深夜两眼都睁不开时，大房子就在向他招手，他立马像打了鸡血一样继续工作。

可是这样的日子才过了四个月，游戏公司宣告关门，原来投资人见游戏迟迟没有开发出来，而且投入资金越来越大，加上传闻国家要限制游戏版号的审批，公司创始人与投资人之间在运营方面又无法达成共识。最终，投资人宣布撤资，公司没钱经营，只有关门。

小刘说这家公司原来计划游戏正式推出之后，去美国

IPO的，当时他应聘时面试的人事主管还跟他说，只要坚持干两年就能拿到期权，按照期权分配方案来算，公司上市成功的话，他身价过千万元。

小刘看到公司给他们画的大饼，日夜加班，"996"成为工作常态，就差"007"了。谁也没想到，一百多人的游戏开发团队，说解散就解散了。由于小刘刚过三个月试用期，赔偿也不多。没办法，只得再投简历找工作。

由于已经过了企业招聘的黄金季节，投了一个月简历，虚位以待的企业不多，开出的工资待遇比上家差得不止一点点。在北京租房、吃饭、出行等各项开支都不低，不能随便找个工作就算了，一定要找个满意的。但是，现实狠狠打了小刘的脸，两个月下来，面试的公司一家不如一家，等他回过神来，想答应去前面应聘的相对好些的一家公司时，人家告诉他由于回复晚了，已经通知别人来上班了。

北京高校多，人才多，就业机会多，但是来这里找工作的人更多，每年都有一大批高校毕业生从全国各地涌来，他们带着对首都的向往，带着对未来的憧憬，不放过任何一个为梦想奋斗的机会。

小刘自信心一天天被消磨掉，而女朋友对他的态度也变得越来越冷淡了，直到一天深夜，他亲眼见到女朋友从一辆高档轿车里面下来。

他哭着问女朋友为什么，女朋友很冷静地说："他比你优秀，他在北京有房有车，你现在什么都没有，拿什么来养我？我现在坐在高档写字楼里面，在世界500强企业工作，每天面对的都是社会精英，而你呢？两个月了连个像样的工作都没有。分手吧！"

女朋友说出"分手吧"这三个字，就像一把利剑插进了小刘的心，他呆呆地坐在沙发上，看着女朋友收拾完行李，拉着行李箱，头也不回地离开了两人共同生活了半年的小屋。小刘无法想象谈了快三年的女朋友，在校园里是那么天真烂漫，走进社会才短短数月，怎么就变得如此物质了呢？难道相爱时的甜言蜜语、山盟海誓都是假的？小刘想不明白，脑海里不断浮现两人恋爱时的样子，耳边不断地响起"分手吧"的声音，他痛苦地流下了眼泪，苦涩的。

小刘在屋里躺了两天，第三天有个老乡打电话过来说要请他与他女朋友吃饭，这个老乡是在老乡群里认识的，比他大四岁，因为两人是同一所高中毕业，所以很聊得来。小刘把自己情况告诉了他，老乡二话没说，就坐地铁过来找他。

两人喝了一晚上的酒，说了一晚上的话，小刘心情开阔了。老乡对小刘说，现在临近春节，很少有公司招人，而他们快递业务爆满，可以先去试试送一段时间的快递，至少这段时间有些收入。等明年开春很多公司启动招聘时，再去应聘也不迟。

小刘问起快递收入情况时，老乡给他一算账，收入不低，他二话没说就同意跟着老乡送快递，现在挣钱养活自己才是关键。于是，小刘把房子退了，在快递站点附近重新找了个房子住，就这样走上了送快递之路。

送快递本来只是权宜之计，没想到送了两个月，小刘发现这行并没有想象中那么累，尤其是晚上帮站点装车发完货之后，有充足的时间可以看书学习，自己跑的又是商业区，这边业务量大，还有周末休息，一个月下来收入比在游戏公司高多了。于是，第二年开春，他也不去找工作了，踏踏实实跑快递。

有次，我遇到小刘，问他："放弃自己学了四年的专业来跑快递，后悔吗？"

"哥，这有啥后悔的？现在这社会又有多少人的工作是本专业的呢？"小刘大大方方地说，"你也不一定就是学图书出版或者企业管理的吧？"

我笑着点了点头，默认了小刘的说法，我学的专业与图书出版相差甚远，自己也是毕业之后，跳槽了多家公司，从事了多种行业，最终才选择了现在这个工作，至于这个工作能干多久，也是未知，只是自己一直保持着干一行爱一行的心态，认真对待每一份工作。

"我觉得现在送快递挺好的，收入稳定，工作自由。我们站里还有两个研究生毕业的，以前是程序员，四十岁被公司裁员，都来跑快递。我现在进入快递行业，属于一步到位，比他们少走了十多年弯路。"小刘说完自嘲地笑了起来。

我也跟着笑起来。前段时间在网上看到有个大学毕业生去应聘工厂保安，与一名六十岁的大爷一起上班，他说自己人生少走了四十年的弯路。结果文章下面一群网友纷纷点赞叫好。是现在的年轻人活得通透了，还是选择躺平了？

"有新的女朋友没？"反正都是瞎聊天，我开始八卦他的个人感情。

"没呢。哥，你公司有好几个长得不错，给我介绍介绍呗。"小刘嬉皮笑脸地说。

"你就胡扯吧，还需要我介绍，你跟他们可没少聊天。"我笑着说。

"真不是胡扯，我现在确实想找个女朋友。免得之前那个天天来烦我。"小刘一脸无奈地说。

"就是跟富二代跑了的那个？"我反问道。

"富二代跟她交往了两个月，就把她甩了。她又谈了一个，发现那个人脾气不好，有暴力倾向，刚刚分手。世界500强企业的员工之间也存在钩心斗角，在一次老员工之间的斗争中，她这个新来的普通文秘成了替罪羊，被公司开除了。她找了一段时间工作，高不成低不就，现在就又想来找我和好。"小刘平淡地说道。

当时他说话时，我是看着他的，他的语气云淡风轻，表情毫无波澜。我想，那个女的在他心里已经永远没有位置了。果然，小刘接着说："哥，破镜是不会重圆的，您说对不？"

"或许她经过比较，发现你才是真正爱她的；或许她只是想找个备胎。"在感情这方面，我也不好给他什么参谋，只有说着这种模棱两可的话。

"我把她微信拉黑了，她打我电话，我把电话拉黑了，她又换着电话号码打过来，哭着说自己错了，让我看在相处两年多的情分上，再给她一次机会。"小刘一脸不屑地说，"两年多的感情在她拖着行李箱离开时，就已经烟消云散。我可不想再伤害自己一次了。"

我拍了拍他肩膀，说道："以后会遇到更好的！"

爱你的人，不管你身处何种困难，都不会离开你，会与你共进退；不爱你的人，即使与你在一起，也会在某个时段挥手离开。爱情是相互的，当一个火热的心冷却之后，是很难再燃烧的。

那次聊天后不久，小刘就谈恋爱了。是公司同事告诉我的。同事周末去商场购物，正巧遇到小刘与一个女生手牵手，有说有笑。我这个同事是个女生，很羡慕地说小刘给那女生买了好多东西，大包小包拎着。另外有同事跟她开玩笑说："你这么羡慕，可以把他抢过来。"同事给她白了一眼。

后来我仔细观察，发现小刘应该是真恋爱了，因为恋爱的人，表情是藏不住的，笑得更灿烂了，说话更甜了。

很快，爱八卦的女同事在小刘来收件时，又从他嘴里套出了秘密。小刘的新女朋友就在我们这栋楼上班，是一家公司的会计，与小刘还是同年同月出生，只是那女生比他大十天。

有一天，我们公司要发一批件，量比较大，小刘就提前过来帮忙给快递打包，我正好没事，也去帮忙，五六个人在会议室里面，各自分工合作，边干着活边聊天。公司马姐，就特喜欢与小刘聊天，还常跟人说小刘像她一个表弟。

"小刘，快结婚了吧。"马姐问道。

小刘正在埋头用透明胶布封装快递箱，回了一句："还早呢。她家要我在北京买房。"

"那就买呗。现在结婚买房都是双方掏钱的，让她家掏一半，你家掏一半，不就可以了？"马姐大大咧咧地说。

"马姐，要是两家一起买，我就不发愁了。她父母说了，要娶她，就得我家买房，不得低于一百平方米。"小刘嘴上说着，手上没有停，继续忙碌着给快递箱封胶布。

"这周围小区首付也得两三百万元，除非买位置偏远些的，不靠近地铁的，首付估计也得一百多万吧。"大姐是老北京人，对周围小区房价了如指掌。

"我来北京才两年，社保不够年限，还没有买房资格。"小刘叹了口气说。北京对外地人购房是有政策要求，必须连续缴纳社保六十个月才可以买。

"哦。我没想到这点。"马姐恍然大悟。

"那就再等三年呗，说不定到时房价还降了呢？"女同事小丽说。她结婚时，在北京买的婚房就是双方父母各出一半资金解决了首付，然后她与老公负责房贷。

"降肯定难，别涨太快就行。"马姐说。

"她爸妈在电话里面说了，不能再等三年，三年后我在北京万一买不起房子，她年龄也大了，就把她耽误了。"小刘说话时情绪明显有些低落。

"那不是胡扯吗？没有买房资格就是有钱也买不了啊。不等三年，还能咋的？"大姐听到小刘这么说，为他抱不公平。

"如果不在北京买房，就跟她回她老家，在那边买房结婚。"小刘说道。

"回她老家也行，那边房子便宜，让你爸妈再资助一点，都不用贷款按揭了。"另一位女同事果果插嘴说道。她与男朋友正在谈婚论嫁，北京房价对他们来说还承担不起，准备在男朋友老家那边省城买套房子。

"那肯定不行，小刘爸妈就他一个儿子，他去女方家不就成了上门女婿了？将来他自己的爸妈老了，谁照顾？"大姐是有社会阅历的人，在这方面看问题一看就透。

"是的。她家也就一个女儿，我家也就一个儿子。我爸妈的意思是我在北京买房，他们可以资助一些，到时也可以过来带小孩。如果我去了她老家，那情况就不一样了，太远。"小刘说。

"她家是哪里的？"果果又问道。

"黑龙江佳木斯的，但是可以在哈尔滨买房。"小刘的话刚落音，我们好几个人发出惊讶声，因为我们都知道小刘的老家是江西的。

"天啦，离你家够远的啊。从江西到黑龙江，坐飞机都得五六个小时吧？"马姐惊讶地睁大双眼，那对假睫毛都差点掉下来了。

"从我老家赣州直飞哈尔滨要四个多小时。"小刘解释道。

"那跟北京飞乌鲁木齐一样远。"马姐说。我们公司上个月组团飞到乌鲁木齐旅游了一个星期，大家对这个飞行距离很了解。

"我爸妈反对我去那边，说我要是去那边安家落户了，来看我一趟都不容易。要是冬天过去，还不一定适应哈尔滨的那种天寒地冻。我爸也像马姐这样说，自己就一个儿子做了上门女婿，他的老脸都没地方搁。"小刘说到这里左右为难，满脸愁容。

我负责给每个快递包裹上面写上收件人的名字，避免小刘打单时贴错，见小刘顾虑重重，就劝慰道："男儿志在四方，只要发展得好，到哪里都一样。女方家就一个女儿，肯定当着宝贝，说不定你去了哈尔滨，他们爱屋及乌，也会对你很好，在事业上说不定还会倾力帮你。现在都是新时代了，还什么上门女婿，不要想那么多。现在很多人结婚直接住在丈母娘家里呢，何况你是自己掏钱买房子，又不用与她父母住在一起。"

"哥说得也有道理。但我爸妈的思想没有转变过来。我这两年在北京工作挺顺利的，也不想换地方。"小刘说。

大家见小刘这样说，也不好说什么了。等到小刘收件离开之后，马姐说了一句："看来小刘这个对象没戏了。"

我们也明显感觉得出，女方是在故意刁难小刘，小刘家里也在反对他去女方那边安家，而小刘自己也不想去。除非女方妥协留在北京，否则这事百分之百要黄了。

果然，一个月之后，我就听到了马姐与小丽、果果在一起八卦，说小刘与女朋友分手了，女生回东北老家去了。那几天，我遇到过小刘几次，虽然他依然满脸微笑跟我打招呼，但是我能明显感觉到他的微笑下面藏着失落。原来美好的爱情，因为距离而各奔东西，这个距离不仅是两人家与家的距离，也是父辈与我们年轻人的心理距离。两方父母，只要任何一方妥协，美好的爱情就变成了美好的婚姻。

大约过了三个月，小刘把老张介绍给我们公司，让老张负责收我们公司的件，说他要回老家了。老张与小刘不隶属于同一家快递公司，都是在这片负责派件收件，抬头不见低头见，两人认识的时间不长，却挺聊得来的。老张与我们合作没几天，我在写字楼里面再也没有见到小刘了。

北京这个大都市，每天都有人怀着梦想进来，每天也有人因为各种原因离开。小刘离开之后，我还偶尔在想，他是不是去东北与那个女生结婚了，只是不想让我们知道他是去做上门女婿而已。爱情，千山万水也都阻挡不了的。

在小刘离开北京后的三年，北京、全国乃至世界都发生了很多事，这三年里，我亲眼见到不少公司倒闭，见到不少路边的店铺关闭，见到不少熟悉的人离开了北京回到生他养他的家乡。三年的阴霾过去了，曾经离开的人，又有一些回来了，问起他们为什么又回来时，他们苦笑着说："还是北京好！"

这天傍晚，我吃完晚餐从家里溜达到小区外面，想散步时顺道儿到超市买点东西。现在手机购物很方便，连日常的油盐酱醋、瓜果蔬菜和肉类蛋类，都可以通过网络平台下单，半个小时就有人从超市把采购的食材送来。我常在网上购物，但是一些零碎东西又觉得让人送太麻烦了，于是就想自个儿去超市转转。

我走出小区还不到一百米，一辆快递电动三轮车从我身边快速经过，走得够快的，一看就是下班了往站点送件。快递员收到件，先是送到站点，完成站点的信息录入，集中运送到分拣中心，分拣中心完成信息录入，然后根据发往不同地区的快递，或送到机场由货运飞机运送到收件方所在地附近的机场，或由货运汽车长途运输到收件方所在城市的物流中心。

那辆电动三轮车大约走出十来米，突然来了一个急刹车，驾车的快递员把头伸出来往我这边看。快递车停在马路边，而我走在人行道上，我不要发快递，也没有快递要取，所以也就没有在意，继续往前走，眼光并没有刻意去观察这名快递员。当我走到快递车旁边时，那快递员从车上跳下来，激动地向我打招呼："哥，真是你啊！"

我停住脚步仔细一看，愣住了，一时半会儿没有反应过来，这人太熟悉了，但是我头脑一下子卡壳，一瞬间想不起对方叫什么名字。我们到了中年，总是会出现这种现象，比如与人聊天，聊着聊着，对某个人或某件事短暂失忆了。

"是我，小刘。"小刘走到我面前，还是那个讨人喜欢的娃娃脸，只是多了一层沧桑。

"小刘，真是你啊，太意外了。你怎么回来了？"我忙伸手与他握了握。

"我回来有小半年了，就在这一片跑快递。"显然，小刘特别兴奋，脸上洋溢着那种好友重逢的兴奋，虽然我与他不是好友，但两人在那两年多时间常常见面，比一般的好友见面次数可是多多了。

"这三年你真回老家了？回去干啥了？"我问道。

小刘见时间尚早，也可能是很想与一个老熟人说说话，于是就立在路边，声音裹挟在风里，跟我聊起来这三年时光。

小刘从北京离职之后，先去了佳木斯，希望能挽回女朋友小雅，并愿意留在哈尔滨买房安家，但是等他到了之后才知道，小雅已经在父母介绍下，与父亲同事的儿子确定了男女朋友关系，男方在哈尔滨一家国企工作，家里给他在哈尔滨买好了房子和车子，小雅要是与这男的结婚，男方家里就答应帮小雅运作进国企。小雅是父母的乖乖女，自己没有主见。小刘也不想让小雅为难，觉得那男的条件比自己强，为了小雅幸福，自己选择退出。

小刘失望地回到江西老家，正赶上公务员报名考试，他父母就让他报考试试，他虽然是211大学毕业，但是毕业两年多没有做任何公考准备，虽然参加了考试，但是笔试没有通过，连面试的机会都没有。父母鼓励他来年再考，家里做小本生意，养他一个闲人是没问题的。他在北京这两年，虽然谈女朋友买各种礼物花了不少钱，但送快递收入不低，自己还是存了一些钱的，吃喝不用父母掏钱。也可能是受到了前女友小雅进国企的刺激，他决定好好复习一年，来年再战。

凡事总会出现意外，小刘在高中同学聚会时，遇到了六年没有见面的班花晓雯，晓雯在省城一个普通本科院校毕业之后，就留在省城工作，她很坦白地跟小刘说，自己失恋了，男朋友攀上了高枝，她是回家"疗伤"。可能是同病相怜，之前读书时两人很少说过话，没想到这次见面，两人居然有说不完的话，很快就擦出了火花。于是，小刘与晓雯天天约会，晓雯非常善解人意，很懂礼貌，小刘父母见了也很喜欢，支持两人往来。小刘也很高兴，毕竟失之东隅，收之桑榆。

2020年上半年，因特殊原因，晓雯没有返回省城工作，到了夏季，国家提倡地摊经济，晓雯想自己创业，经过几番考察，最后选择加盟开一家网红奶茶店。支付加盟费、保证金、管理费、租店铺和装修、购买设备等等，起步就投入了将近20万元，大部分都是小刘和小刘父母出资，晓雯只出了3万块钱，她平时开销比较大，买化妆品、买衣服，手里根本没有余钱，后来听说这3万块还是她父母给她的。而小刘父母对这个未来的儿媳妇很是喜欢，义无反顾地掏钱支持她，这也算是小刘和晓雯两人共同创业。

就这样，小刘除了看书准备考公，同时也帮晓雯打理奶茶店，刚开始生意很火，两人忙不过来，又雇用了个小姑娘帮忙。网红店有个好处就是火得快，缺点就是这个火降得也快，小小县城在半年时间一下子冒出了几十家奶茶店，除了网红店，还有大品牌店，加上季节的原因，到了冬天，奶茶生意明显比夏季差了，小刘和晓雯两人正在想办法如何吸引客户时，又遇到上特殊情况，店铺都关门歇业。两人本来计划在春节前举办的婚礼，由于酒店不能营业，也只得延后。

原本以为奶茶店只是短暂的歇业，谁知开业和歇业在两年时间内成为常态，生意受到了严重影响。小刘又参加了两次公务员考试，最好的成绩是进入面试，总成绩排在第五名，而报考单位只招四个人。本来以为奶茶店是开启新生活的希望，谁知道此时变成了烫手山芋，生意惨淡想转出店铺，却一直无人愿意接手，那个时期大家对投资非常谨慎。

收入大大降低了，开销却没有减少，小刘与晓雯两人就常常为了一些鸡毛蒜皮的事情吵架。小刘就埋怨晓雯大手大脚花钱，晓雯指责小刘既不想办法去挣钱，考试又考不过别人，就是个窝囊废。

到了今年初，虽然奶茶店可以正常营业，房东却趁机涨房租，还一副爱租不租、反正有人会租的样子。奶茶店开了两年半，搭进去了30多万块钱，店铺租期是三年，如果续租就得接受租金涨价，而小刘家已经拿不出钱来继续经营了。前两年，他爸妈的小生意也受到了影响，为了保证有收益，就在一位亲戚的推荐下，把全部积蓄买了一款高收益理财产品，头一年还正常分红，次年就常常出现延迟分红的情况，小刘爸妈担心出事就想提前退出来，结果那亲戚一个劲地保证说现在是特殊时期，延迟一两个月分红是正常现象，打消了他爸妈的顾虑。谁知，到了今年初，分红就没有了，接着就得知公司关门、老板跑路了，小刘爸妈一辈子攒的钱全部打了水漂。

小刘向我说到这里时依然咬牙切齿，不过他随后又说了一句，幸好当时为了给他准备结婚，父母在当地给他买了一套房，否则的话就更惨了。

小刘爸妈见小刘和晓雯总是吵架，就劝两人把婚结了，生个小孩，两人感情就会好一些。小刘和晓雯虽然出双入对，但没有领结婚证，也没有办酒席。按当地习俗，即使领了证，还要举办婚礼办了酒席，才算是正儿八经地结婚。

晓雯爸妈提出条件，结婚可以，婚房的房产证上面要加上晓雯的名字，给晓雯买一辆不低于20万元的车，再给彩礼38.8万元。小刘家的情况晓雯是知道的，晓雯爸妈应该也是知道的。小刘爸妈就与晓雯爸妈商量：第一，同意房产证上面加名字；第二，能不能晚两年买车，小刘家里之前有辆车，可以给晓雯开着；第三，就是彩礼能不能象征性给点算了，8.8万元。

晓雯爸妈一听就不乐意了，脸一黑沉，说小刘家那辆车开了五六年了，款式也老了，不适合晓雯开，彩礼一分钱也不能少。

小刘说到这里，又告诉我，在他们当地彩礼38.8万元确实不算高，晓雯家开出的这条件不算高，但也不算低。他们那里有这种不良习俗，当地政府也一直在提倡免彩礼这个事，他身边也有朋友结婚真的一分钱彩礼都不收的，或者送去了多少彩礼，女方爸妈还在上面添一些，再返给一对新人。而晓雯爸妈最初不同意返彩礼，还是晓雯跟她爸妈商量之后，彩礼38.8万元不能少，同意到时返回8.8万元，晓雯有个弟弟在读大学，她爸妈的意思是这30万元得留给她弟弟。

小刘算了一下，彩礼扣除返回的需要30万元，车子20万，婚房装修和买家电至少也得30万，这结个婚就得准备80万元，还不包括婚礼时的婚车、酒席等支出。虽然办酒席能收到红包，估计也不够办酒席的支出。

双方父母拉锯式谈了一个月，双方都没有退步，小刘被这事气得越来越烦躁，在最后一次谈判中直接撂下一句："这个婚不结了。"晓雯爸也气得一拍桌子喝道："不结更好，我还不想让晓雯嫁给你呢。"于是，婚事就彻底谈崩。

奶茶店转让之后，晓雯去了省城，小刘只得重新回到了北京。

难道爱情就一定要建立在物质基础上吗？如果金钱决定着爱情的甜蜜程度，那么恋爱时的真心付出又算什么呢？如果彩礼是两人牵手走进婚礼殿堂的必要条件，那么这样的婚姻又有什么意义呢？我想不出用什么话去安慰小刘，只好问他："不继续考公了？"

小刘深呼吸一口气，长叹出来，仿佛被抽出了几丝魂魄，说道："目前家里这种经济状况，我再不出来工作的话，就不合适了。"

我点了点头，默认了他的话，看了一眼停在旁边的电动三轮车，又问了一句："为什么想着仍然干快递呢？"

"现在不好找工作，找到了待遇不一定很好。快递这行，只要能吃苦，收益还是挺好的。介绍我跑快递的那个老乡，现在已经是站点的经理了，收入不错，今年年初还在北京买了房子。我是听说他买房子了，下定决心重回北京的，我现在就是在他站点工作。我还年轻，相信坚持跑三五年，也一定好起来的。"

突然间，我瞥见一点光泽，对上了小刘的双目，那眼光充满着不屈。

我拍了拍他肩膀，鼓励道："任何行业只要认真去做，一定会有收获的，加油！"

这时，他的手机响了，站点催他早点送货回去。我与小刘相互加了微信，然后握手告别。

晚霞映照下的天空格外美丽，那辆飞驰的电动三轮车在晚霞的映照下，银光染上紫霞，扬尘漾出金波，也格外美丽！

当我们探讨爱情与物质的关系时，仿佛看到了一道无形的距离在两者之间悄然拉开。难道爱情就一定要被物质所左右，被金钱衡量出远近吗？如果物质基础成为了决定爱情是否坚固的关键，那么真心相爱的两个人之间岂不是横亘着一条难以跨越的沟壑？

就像彩礼这一现象，它似乎成为衡量爱情能否走向婚姻的标尺。然而，当彩礼成为两人牵手走进婚礼殿堂的必要条件时，这中间产生的距离，不仅仅是金钱数字上的差距，更是两颗心之间的疏远。真正的爱情本应是心与心的紧密相拥，而不是被物质条件所隔开。

在纯粹的爱情中，距离应该是心灵的共鸣，是相互理解和包容所缩短的差距。真心付出的爱，能跨越物质的障碍，让两颗心紧紧相连，无视外界的干扰和诱惑。

回想那些因为物质而分道扬镳的情侣，他们之间的距离并非一开始就存在，而是在金钱的诱惑和现实的压力下逐渐产生、扩大，最终变得无法逾越。而那些坚守真心、不为物质所动的爱情，无论面临多大的困难，都能凭借着彼此的信任和爱意，拉近心灵的距离。

所以，爱情中的距离，不应由物质来界定，而应由真心和真情来缩短，让爱成为跨越一切障碍的桥梁，而非被距离所阻隔的遗憾。

昔日小学校长魏大爷

我是通过小区业主微信群认识魏大爷的，他那天在群里发了一个消息，说谁家有废纸箱旧书塑料瓶的不用下楼去扔，可以私信联系他，他会上门回收。那段时间有个朋友给我邮寄了好几箱自己果园摘的水果，水果吃完了，箱子还堆在家里，于是就添加了他的微信，把房间号告诉了魏大爷，让他来取。

没想到，也就五分钟左右的时间，家里门铃就响了，打开门，一个熟悉的陌生人站在门口。熟悉是因为我在小区里几乎每周都能见到他，陌生是因为我与他从来没有说过一句话。他七十岁左右，身材端正，头发稀疏，应该是染发了，很明显能看到乌黑头发的根部已经长出了不少白发。我客气地邀请他进屋，他推说不进去了，让我直接把纸箱给他就行。

我把纸箱搬出来，只见他很熟练地把纸箱底部拆开，然后把方方正正的纸箱从棱角处折叠、铺平、放在地上，不到两分钟的样子，他就把六个纸箱折叠好，接着从衣服兜里掏出一根绳子把叠平的纸箱捆绑好。他又从另一个口袋里掏出一个手提电子秤准备称重量。我忙说不用称重了，直接拿走就行。他客气地说这要给钱的。我说："没事，都是邻居，拿走就行，也算是您帮我清理了，免得放在家里占地方。"他见我是真心送给他的，跟我连道了三声"谢谢"，就拎着捆扎好的纸箱坐电梯下楼了。

从那以后，我与魏大爷在小区里碰面，都会笑一笑打个招呼。大约过了一个月，家里换了个冰箱，我把冰箱的纸箱子放在门口，用微信给魏大爷发了个信息让他过来拿，同时又把整理出来过期的杂志也给了他。这次他坚决说要给我钱，说这些杂志数量不少，又没有破损，他可以卖给旧书摊，这比卖废纸的费用高。我不好意思推辞，就有点不好意思地收了他五块钱。

真正了解魏大爷是在一个周末。我在小区里散步，正巧遇到他顶着一簇稀疏而泛白的头发，低着头坐在草坪旁的长椅上玩手机。我走过去跟他打了个招呼，反正也没事，便也坐到长椅上与他攀谈起来。没想到，魏大爷很健谈，一下子就打开了话匣子，我也因此知道了他的一些故事。

魏大爷在老家乡镇曾是一名小学校长，从代课教师到编制教师，再到校长，一辈子从事教育工作。他在校长这个岗位上工作了十余年。教过语文，教过数学，也教过体育，他说那个时候在乡镇小学由于教师队伍相对不足，任教的每位教师都是多面手，需要教什么就能教什么。后来，国家对教育的大力投资，乡镇学校和农村学校都得到改善，不少大学毕业生成为教学主力，他这个校长才真正地只负责管理工作。

聊到这里时，我说："实在不好意思，应该称呼您为魏校长或者魏老师。"他淡然一笑说："那都是过去的事了，我现在就是一个在家给孙子做饭，接孙子放学，收废品的老头，您还是叫我魏大爷吧，我同您父亲年龄应该相仿。"我问了他的年龄，果然，他只比我父亲年长两岁。巧合的是，他儿子比我也年长两岁。

魏大爷膝下有一儿一女，儿子在北京读大学就留在北京工作，女儿在上海读大学就留在上海工作。儿子排行老大，读的是名牌大学，学的是计算机编程方面的，大学毕业时与几个同学一起创业，说要效仿世界首富比尔·盖茨搞软件开发。为了支持儿子的理想，魏大爷资助了十万元作为项目启动资金，搞了一年，儿子打电话告诉他坚持不下去了，创业团队凑的钱都花光了，而投资人见了无数个，都没有下文，大家只得一拍两散，各自去找工作。

魏大爷的儿子比我年长，我就姑且称呼为魏哥吧。魏哥工作了两年，见有同学创业搞得风生水起，又按捺不住了，与几个同事一起辞职，开启了新的创业。这次创业比较顺利，由于他们都是有工作经验和技术特长，受到了资本的青睐，不久就引进了投资人。项目干到第三年，也是项目发展的关键时期，结果五个人的创业团队出现了分歧，分成两派天天吵架，严重影响了项目的推进。创业团队在吵得不可开交之时，竞争对手提前完成了产品的研发，并在更有实力的投资人的支持下，低价推向了市场。魏哥的投资人一看失去了先机，而创业团队内部矛盾重重，无法协调，就直接宣布撤资。一个本来非常好的创业项目，就这样黄了。而那家竞争对手的公司在产品上市的第二年，就在美国纳斯达克IPO了，创业团队人人实现了财富自由，投资人也赚得盆满钵满。

魏大爷说他儿子的创业团队引进投资时还与投资人签订了对赌协议，投资人撤资之后，他们还要承担相应的赔偿，不过后来经过多轮谈判，只是象征性地做了点赔偿。

魏大爷说到这里时，用手拍了一下大腿，无不遗憾地说太可惜了，离成功就差那么一点点了。打工两年的钱全部砸进去，创业又白忙了三年，唯一的收获就是儿子娶了好媳妇。

魏哥在第二次创业时，与公司的一名女员工确定了恋爱关系。创业失败，在最低谷的时期，这女的没有离开他，而是一直鼓励他，并主动向他求婚，不在乎他一无所有。两人没有举办婚礼，只是回到老家领了结婚证，接着就在北京各自找工作，开始了小两口的新生活。

过了一年，魏哥媳妇临近分娩。为了照顾好儿媳妇，魏大爷就让已经退休的老伴来北京陪伴，平时煮煮饭、洗洗衣服、打扫卫生。小孩出生之后，由于魏哥的丈母娘身体不好，需要老丈人照顾。儿媳妇休完产假就又要上班，所以，从小孩出生到小孩三岁这段最辛苦的日子，都是魏大爷的老伴在操劳。

等到小孩三岁多，就开始考虑上幼儿园和小学的事情了，在北京如果没有房子，小孩上公立幼儿园和读小学是很难的事情，于是家里就开始筹备买房，虽然两口子这几年都在上班，收入也不低，但是既要承担房租，又要照顾小孩的吃穿用度，手里没有存什么钱。可是，房子还得要买啊。于是，魏大爷与老伴合计，干脆就把自己在老家县城的房子卖了，又加上老两口攒下的钱，给儿子在北京交了个首付。

"那你住哪里？"我听到这里时问他。

"我一个人住哪里都无所谓，学校里有个办公室一直都空着，我也就不用每天坐车回县城了，直接搬到学校住，也就住了不到一年，我就退休来北京了。"魏大爷很爽朗地说。

我点了点头，通过父母资助在北京买房的现象不说是普遍的，至少也是有不低的比例。不是有专家还在鼓励大家用六个钱包买房吗？对于很多上班族来说，靠上班的工资在北上广深这样的一线城市买房不知道要何年何月。

"那你现在很少回老家了？"我问道。

"几乎不回去了，老家没有房，回去住哪里？除非是特别亲近的亲戚家里办酒席，赶回去一两天就又返回了。大部分情况是直接发个红包过去。来回一趟车费钱不少呢。"魏大爷说得很轻松，但我能感觉到他的言语中带着淡淡的、却挥之不去的遗憾。

回不去的故乡，难以心安的城市。离开生活了六十年的故土，来到一个陌生城市，虽然与儿孙一起生活，但也拉开了与故乡那些亲人的距离。这是部分老年人的无奈，也是部分年轻人的无奈。大城市的生活压力，如果没有老人来帮忙照顾家庭，年轻人又哪来精力去为梦想奋斗呢？

"阿姨身体好吧？"我关切地问道。

"她身体挺好的，现在去我姑娘家了，姑娘生了二胎，她要去照顾。"魏大爷说。

"照顾小孩挺辛苦的。"我说道。

"都习惯了。他两兄妹都生了两个小孩，都是我老伴负责照顾。我退休来北京时，姑娘在上海坐月子，她就去上海那边照顾；等外孙三四岁了，这边媳妇要生二胎，她又回到北京来。去年，姑娘生了二胎，她就又跑上海去了。"魏大爷扳着手指说道。

"前前后后轮流照顾四个小孩，想起来都头大啊。您姑娘的婆婆不帮帮忙吗？"我好奇地问道。

"她婆婆是南方人，与我姑娘饮食习惯不一样，生活习惯也不同，到上海照顾了一阵子，婆媳关系不好，我姑爷也左右为难，那就只有让我老伴过去照顾了。"魏大爷笑着说，"不过，她婆婆通情达理，虽然不来照顾孙子，但是孙子的生活费都是她负责，每月给我姑娘打钱。"

婆媳关系是个千年话题，不住在一起的相对好些，有些同住屋檐下，真的是天天鸡飞狗跳，即使某些专家在改善两者关系方面说得头头是道，说不定他们自家媳妇与自家老娘两人"你阴阳我""我阴阳你"呢。婆媳关系的电视剧为什么火爆，就是反映了这种不可避免的社会现象，很多人想解决，而又解决不了。

"那这婆婆还是挺明事理的。阿姨再辛苦两年，孩子们大了，您俩老就不用操心了。"我宽慰道。

"不用操心？哪有这样的好事哦。"魏大爷说道，"我大孙子在读初中，现在全家上下都在发愁读高中的事情。"

"这话怎么说？现在中考虽然有录取比例，但是升学肯定没问题啊。"我还不了解魏大爷说的"发愁"的事情。

魏大爷告诉了答案，他说："小孩没有北京户口，在北京就不能参加中考，不能读高中。现在正在发愁两年后去哪里读高中。"

魏大爷说到这里，让我想起北京中考政策要求，除了非京籍学生，除了符合九类条件的学生能够报考北京公立普通高中学校之外，其余的非京籍学生原则上需要回到户籍所在地参加中考。若不回原籍的话，要么在北京读私立高中，没有学籍，但是将来可以回到户籍地以社会青年的身份参加社会高考，或者是到可以解决外地学籍的所在地参加高考；要么就是读国际学校，参加国外大学的招生考试，或者是根据平时的考试成绩申请国外大学就读；要么就在北京报考中等职业学校，将来可以报考成人高考，通过成人高考进入大学。这三条路，对于大部分家长来说能接受的不多。在北京高中阶段使用的教学大纲与外地有区别，在北京私立高中就读三年所学的知识，不一定能适应外地的高考；国际学校不仅学费高，将来去国外读大学，也是一笔不小的费用，这对于普通的上班族来说是难以承受的；而对于大部分希望孩子读大学的家长来说，肯定是不愿意让孩子去读中职。所以说，这三条路对于非京籍学生来说基本上走不通。

既然孩子就读高中这三条路走不通，那就只能回户籍所在地去参加中考，在当地读高中，然后参加高考。我就认识一位朋友在北京做餐饮，企业也做得比较大，在北京有房有车，女儿在北京的小学和初中时成绩都是名列前茅，但是没有北京户口，中考时就回到了老家，后来高考又考回北京一所名牌大学，大学毕业之后又顺利地进入了一家央企并解决了北京户口。

　　对于有些家长来说，夫妻双方在北京工作、在北京结婚，小孩也都是在北京出生和长大的，让孩子突然回到陌生的老家上学，一是不舍，二是担心没人照顾。有些爷爷奶奶或者外公外婆在老家的，相对会好些，孩子有亲人陪伴，做父母的相对放心。但是也有老家教育资源差、教师水平相对偏低的情况，家长就会担心孩子回去不能接受良好的教育，会影响孩子高考成绩；还有一种就是老家的高考录取分数线相对比较高，有时同一所高校在不同地区的录取线有几十分甚至上百分之差，家长担心孩子回老家高考会吃亏。

　　基于以上种种原因，很多家长就把目光放在北京的邻居——天津。从北京坐高铁到天津，最快只要二十多分钟，每天早上就有不少居住在天津的上班族通过乘坐高铁到北京来上班，通勤方面甚至比有些住在北京其他区的人还要方便。天津不仅人才落户政策比北京低，而且有些区域还可以买房落户，教育资源好，高考录取比例也相对有些外省要高。于是，天津就成了很多在北京的外地人的首选。

　　我问魏大爷："是计划回老家，还是去天津？"

　　"老家没有房子了，去他外公外婆家也不合适，那边老人身体不好，没人照顾小孩。我儿子和我儿媳妇两人这几年都在准备积分落户，但是离那标准总是差那么几分，北京人才多，每年的分数也都在涨。在我孙子中考前能不能落下户口，这还是未知。"魏大爷说到这里时叹了口气。

"那就去天津，听说我们小区里面有好几个小孩都去天津读书了。"我虽然与小区里的邻居很少聊天，但是也偶尔看看小区业主群，曾有业主在里面聊到小孩去天津读书的事情。

"是有这个想法，这样就得在天津买房子，虽然那边房价比北京低，但也是一笔不小的费用，北京这房子还在月供呢。"魏大爷说到这里时，充满着无奈。

听他这么说，我也不好接话，终究别人家的经济情况不好去打听。

"这几年经济不景气，我儿子今年换了个工作，还不知道稳不稳定。他是程序员，年龄大了，很多公司都不要，好不容易进了这家公司，里面全都是年轻人，竞争压力特别大，如果工作稳定了，想办法凑些钱到天津首付一套房，月供就不用担心。"魏大爷应该是很久没有人跟他谈心了，不由得把家里的事情都倒出来。

原来魏大爷的儿子魏哥第二次创业失败之后，就找了一家软件公司老老实实上班。即使在"大众创业，万众创新"如火如荼时期，他也是强压着创业的冲动踏踏实实地打工。他公司的同事邀请过他一起创业，他之前的同学也邀请过他一起创业，甚至曾经合作创业过的伙伴也邀请他一起创业，都被他一一拒绝。房贷和子女的生活费容不得他再去冒险，就这样一直干到2020年冬季，公司业务下滑严重，就不得不大规模裁员，而魏哥作为处于中年阶段的老员工成了第二批裁员对象。公司老板念在他跟着公司辛苦打拼多年的份上，没有第一批裁掉，公司这样做也是无奈之举。公司最后仅留下少部分工资待遇低的刚毕业的新员工负责产品的日常运维。

魏大爷说的这种情况，我身边就有好几个熟悉的人经历过，他们是在效益非常好的上市公司里面工作，还担任中层领导，但是这两年也没有幸免，有些是整个部门撤销，有些是公司某个业务方向全部关闭，据说有些互联网"大厂"也出现排队裁员的情况。三十五岁以上员工成为被裁员的主要对象，这群人在公司打拼多年，薪资待遇也是通过努力每年都在递增，由于已经成家育有儿女的原因，不能像毕业生那样无休止加班熬夜了，在技术没有壁垒的情况下，公司在业务受到影响时，首先考虑的就是降低运营成本，用低薪的新人来取代高薪的旧人。"中年危机"这个词，这几年为什么这么受人关注，就是因为有太多的中年人在工作中遇到了这种情况。其实"中年危机"还包括身体状况不如以前、子女上学面临升学担忧、年迈的父母身体也时不时亮起红灯，而能解决这些问题的最佳途径就是有一个稳定的高收入工作。虽然说钱不是万能的，但是没有钱是万万不可能的。我不禁想起网上曾有句很火的话："如果世上百分之九十九的事都可以用钱解决，那么剩下的百分之一需要更多钱才可以解决。"

魏哥被公司裁员之后，虽然拿到了裁员补偿金，但是屋漏偏逢连夜雨，魏哥媳妇所在的公司宣告破产，两人在先后不到两个月的时间之内都失业了。那个时候，工作不好找，魏哥投了一个月的简历，居然没有收到一个面试通知，而魏哥媳妇虽然收到面试通知，当对方得知她有个两岁多的二胎时，尽管魏哥媳妇反复强调家里有老人负责照顾小孩，不会影响工作，但依然没有下文。

魏大爷说到这里时告诉我，他就是在这个时候开始在小区里面收废品的，他见小区有个大妈每天在各垃圾箱翻找饮料瓶，就与她聊天，得知每天还能有几十元的收入。魏大爷想着儿子和儿媳妇都失业了，自己虽然有退休金，但是养家里这么多人，也是杯水车薪。如果捡点废品卖，多多少少也可以补贴家用，一天如果有个几十元收入，买菜钱算是解决了。

魏大爷把自己的想法跟儿子儿媳说了之后，他们坚决反对。魏大爷反驳说，那个捡垃圾的大妈退休前还是机关单位的领导，退休金比他高一倍，又不偷不抢，有什么丢人的？

国家大力鼓励垃圾分类，不就是要让垃圾"变废为宝"吗？儿子儿媳说不过他，就这样，魏大爷开始捡废品。

走上捡废品这条路时才发现，小区里面不只有一个大妈在捡废品，而是有好几个人，有男的有女的，全都是退休的老人。聊天时得知，他们其中有收入条件很好的，儿女出行开的都是高档汽车，自己退休金也都挺高的，只是觉得在家待着无聊，想找点事做而已。还有大妈说，退休没事干，太闲了，要是物业允许，她都想把小区里比篮球场还大的草坪用来种菜。

魏大爷起初也像那个大妈那样到各个垃圾桶里翻找，后来觉得这样既不卫生，而且竞争大，他想到去别的小区，发现一是进去不方便，有保安守着，需要刷卡才能进去；二是混进到几个小区看了，里面也有竞争对手。

魏大爷决定改变思路，从捡废品到收废品，打听到废旧家电、旧衣服的销售渠道，扩大废品收购范围，并且让他儿子把他拉进小区业主微信群，跟群主说明情况之后，每天在群里发布一次废品收购的消息，只要谁家有废品，他立即上门去收。没想到，这一下子生意就火起来了，现在大家基本是通过网上购买衣服、鞋子和水果等，少不了用纸箱纸盒包装，很多业主也懒得下楼扔到垃圾桶，直接在业主群里联系魏大爷，魏大爷很快上门收走纸箱纸盒，并且还能多多少少给业主几块钱。这一举措实现了"双赢"。

魏大爷说现在很多年轻人买的衣服鞋子才穿一两个月，甚至有些女生穿几次而已，就不穿了，扔掉可惜，放在家里又占地方，而他提出回收旧衣服，根据衣服的品质给钱，没想到很受欢迎。魏大爷收到衣服之后，进行分类整理，再送到专门回收旧衣服的公司，利润比回收纸箱纸盒要高得多。魏大爷说到这里时还特意告诉我，这些旧衣服据说消毒清理之后都卖到东南亚和非洲一些国家去，专门有公司做这种出口贸易的。

听到这里，我不由得佩服魏大爷很有商业头脑，就赞许地说道："那您一个月收入不低啊。"

魏大爷有些自豪地说："咱们小区比较大，业主多，收入方面还是很满意的，反正我家生活开销都由我包了。只是有时比较忙，我都是晚上十二点才关机睡觉，因为有些人下班晚，回到家发个信息说有废品，我得立即去拿，不然第二天大清早人家就要出门上班了，要是把废品放在门口，不是被物业打扫卫生的人清理走，就会被其他捡废品的人拿走，他们还有人'扫楼'呢，就是每层楼每户门口都去看看，看有没有放在门口的纸箱之类的。"

我从魏大爷的神色上可以看到，这份工作点燃了他的激情，给他生活带来了更美好的希望。我把话题又回到了他儿子的事情，我问道："魏哥前两年没上班吗？"

"上班了，两年时间换了好几家，都没干多久。他被那家公司辞退之后，第二年春找到了工作，在一家小公司上班，但是待遇不高，工资还不够还房贷，干了几个月就辞掉了。又去了一家大一些的公司，干了半年，公司要搬到外地去，说是有个地方招商过去的，有政策扶持，公司整体搬走，他不愿意跟着去，就又离职了；去年到他一个同学的公司去上班，那个同学之前与他一起创业过，这人后来历经几次失败，现在算是成功了，可他在里面干得不顺心，觉得与同学两人之间的差距太大，总感觉是那同学可怜他，才收留他，到了今年初见有家公司招聘，正好他符合条件，就离开同学公司，来到现在的新公司。现在工作不到半年，待遇方面还算可以，就是不知道能不能稳定下来，主要是年龄大了，公司都是年轻人，压力比较大。"魏大爷对儿子工作的事情如数家珍。

每个人之间都有距离，同学与同学之间不仅有心理上的距离，也有经济上的距离；中年人与年轻人之间不仅有年龄的距离，也有对生活需求的距离。

我点头附和道："待遇好就行，相信魏哥在里面肯定能干得很好的。年龄大意味着经验丰富，公司运营不仅仅要年轻人敢拼敢闯，同样也需要年龄大的老员工提供行业经验。

古代打仗都是老将领兵，老将出马，一个顶俩。"

"那是那是。要是稳定了就好。"魏大爷听到我这么说，笑着一个劲地点头，"只要他稳定了，我们全家也就松口气了。我儿媳妇现在一家公司做行政管理，待遇虽然不高，但是工作比较轻松，而且比较稳定，她自己几次还想换个高薪的工作，我儿子不同意，说等他稳定了再说，到时有合适的好工作再换，没有合适的就这样干着。"

"现在工作不好找，魏哥的建议挺好的。"我附和道。

"是啊。只要我儿子这工作稳定了，去天津买房就不用担心，不一定要买大的，买套小的，能落户就行。"魏大爷说。

"到时您就得过去那边照顾孙子了。"我笑着说道。

"这个到时再看啊，反正老家回不去了，我就是一个老北漂，哪里需要就去哪里。"魏大爷自嘲地说，"我家里也讨论过这个话题，如果真在天津买房落户了，就看我儿媳妇的收入情况，如果找到好的工作，待遇比我收废品的收入高，我就去负责照顾孙子；如果她没有找到合适的工作，待遇比我收废品的收入低，她就过去。反正一切都是为了下一代。"

我也只有跟着点头认可，人家家里的事，咱也不好插嘴说什么。魏大爷正要与我继续聊时，一条微信提示音响起，他看了一下，忙对我说："5号楼那边有一些旧衣服要收，我现在过去，咱们下次聊天。"

他说完拿起一个卷起来放在座椅上的编织袋，匆匆往5号楼方向走去。

望着魏大爷匆忙的背影，我心中满是感慨。他那睿智且勤劳的身影，让我深深动容，更让我感叹："可怜天下父母心！"

魏大爷不仅决然舍弃了老家那承载着无数回忆的房子，更是毫不犹豫地告别了清闲安逸的退休生活。在这个繁华的大都市里，他毫无怨言地为儿孙能拥有更美好的生活而默默付出。

他远离了那片熟悉的故土，来到这个全然陌生的城市。这一选择，无情地拉开了他与老家亲朋好友之间的距离。曾经邻里间的亲切问候，如今化作了遥远的思念；往昔老友相聚的欢乐场景，也只能在梦中重现。然而，与此同时，他却又努力拉近了自己与儿子家庭的距离。他用爱与关怀，拉近了与美好生活的距离。

广场舞的『一枝花』葛阿姨

那天晚上，我在星巴克咖啡厅与朋友谈完事，刚走出门就瞧见不远处有人向我走来，边走边向我打招呼，户外并不明亮的灯光下，我一眼认出是葛阿姨。她盘着头发，脸上洋溢着发自内心的微笑，身材不胖不瘦，一米六的身高，穿着很得体，她比一年前要显得更年轻，皮肤白白的，一点不显老，如果不仔细观察她头上的白发，你说她不到五十岁，也是有人相信的，而实际上她已经六十多岁了。她长得像那个七十多岁却在电视剧里面扮演少女的明星，只是岁月在她的脸上留下一丝沧桑，而在那个明星脸上留下一堆玻尿酸。

"葛阿姨，您怎么在这里？"我与她有一年半时间没有见面了，忽然在这里见到，确实很意外也很惊喜。

"陈总家就住在对面。"葛阿姨边说边指了指马路对面的那个高档小区，"我在这边跳广场舞，看到您进了咖啡厅，广场舞散场之后，我就站在这里等您。"

陈总是我的一位客户，葛阿姨去陈总家做住家保姆，还是我介绍的。我与陈总认识多年，业务上多有往来，但并不知道对方家住哪里。

"原来他家在这边，我还不知道呢。"我笑着说，"让您等这么久，真不好意思。您可以进来找我啊，或者用微信发个信息给我也行。"

"没事的。广场舞也刚散场，我进去找您，怕打扰您谈事，我反正是出来玩嘛，在这里站会儿也是锻炼身体。"葛阿姨见到我显然非常开心。

我与朋友打了个招呼，让他先走。我想邀请葛阿姨回到星巴克里面坐坐，她摆手说："不用不用，这样站着聊会儿。"

于是我俩就站在停车场的旁边聊了起来。

"在陈总家很好吧？"我关心地问道。虽然我俩也是微信好友，但一般只是她在过节时给我发个节日祝福，我回一句"谢谢"。

"挺好的。陈总一家对我很好，把我当自家人，连衣服和化妆品都给我买，您看这衣服，就是他夫人给我买的。"葛阿姨满意地告诉我，并用手扯了扯身上穿的衣服。我这才注意到她衣服左上胸的位置有个LOGO，是个名牌，价格不便宜。

"那就好，那就好。"我连说了两句，又问道，"工作累不累？带小孩很辛苦的。"

"刚开始那半年确实比较辛苦，小孩刚出生，我既要照顾他夫人坐月子，又要照顾婴儿，还要接送他家的大闺女上下学，陈总见我实在忙不过来，就又找了个月嫂来帮忙照顾婴儿，干了几天发现那人不行，做事不用心，就辞掉了，换了好几个，都不满意。我就跟他说别找了，我辛苦一点没事的，我以前带孙子时也是这样过来的。陈总就改成请钟点工，每天过来收拾屋子，打扫卫生。半年后，小孩大一些照顾起来容易，没那么辛苦了，我一个人就把活干了。现在我主要是洗衣、做饭、打扫卫生，干家务活，他夫人自己带小孩，我帮着打打下手。每天晚上吃完饭，收拾完房间卫生，就可以出来散散步，跳跳广场舞，只要别太晚回家就行。"葛阿姨语气平缓，把这一年多的情况几句话就介绍清楚了。

"在这边有空闲时间过去看孙子吗？"我问道，葛阿姨的孙子住的地方离我家不远，就地铁一站地的距离。

"我每周六都坐地铁过去陪他，他喜欢吃我炒的菜。陈总听您说了我的情况，就让我周六休息，可以去看孙子。除非陈总要出差，家里忙不过来，但他也会另外给我调休。"葛阿姨一提到她孙子，两眼发光，身体也为之一振，这是她生命中唯一有血脉的亲人了，也是她努力工作的唯一动力。

陈总为人很好，我对他比较了解，才愿意把葛阿姨介绍到他家做住家保姆，并把葛阿姨的家里情况都告诉了他，让他酌情多加照顾。

"您炒的菜比饭店的大厨都要好，您孙子肯定喜欢吃，现在估计也长很高了吧。"我这样说是没有半点夸张，葛阿姨以前在我家做钟点工时，帮我家炒过几次菜，手艺那是非常棒。

葛阿姨满面春风地说："他马上升初中了，您知道吗？

上周我与他比身高，都到我这里了。现在小孩真能长啊。"

她边说边在自己额头前比画，快有她高了。现在小孩子饮食好，营养丰富，长得快，很多小孩在小学五六年级时身高就有一米六左右，初中生身高就有一米八以上的了，普遍比我们那一代人要长得快、长得高！

我俩就这样拉着家常，她问我工作忙不忙，又问我父母身体情况，还说等我妈妈来北京了告诉她，她要过来看望我妈妈。大约聊了半个小时，我看时间也不早了，就让她回去，她说看我开车先走，推辞了一下，我上车先走，车子驶出停车场时，瞥过后视镜，我看到她还站在那里挥手。

我认识葛阿姨已有整整八年时间了，她命运多舛，却隐忍、坚强、乐观，现在见她工作顺利，我由衷地为她感到高兴。

有一年，我妈妈从老家来北京住了几个月，她有个爱好就是跳广场舞，我可以肯定地说，广场舞是我国群众基础最广泛的集健身和娱乐为一体的运动，大妈们为主力，个别大爷也跟在队伍后面随着音乐的节拍扭动。跳广场舞，不仅可以在一起锻炼身体，还可以在一起八卦家长里短。我记得网上还有人说跳广场舞的地方就是"民间情报站"，张家有个什么事情，广场舞一结束，当天晚上李家、王家、赵家、孙家等等都知道了。

在北京，我妈妈常常晚上出去跳广场舞，用她自己的话说是放松放松，找几个姐妹说说话。小区周围有好几个广场舞团队，不同的音乐，不同的舞姿，甚至还有一些是统一服饰，音响声音震耳欲聋。我妈妈喜欢那种音乐柔和的，而且喜欢这个团队待一段时间，另一个团队待一段时间，她说这样认识的朋友多。双休日闲着没事，她去跳广场舞时，我有时也跟着，她在里面跳，我在旁边看。

葛阿姨，就是我妈妈在跳广场时认识的姐妹，两人很投缘，无话不谈。我是先从妈妈那里听了她的故事，一年之后，才在家里见到她。

葛阿姨出生在农村，家里兄弟姐妹六个，她排行老大，从小就特别懂事，上山砍柴下地种菜，学习成绩好，但是在那个年代考大学是不容易，高考时差十几分没有考上大学，家里没有钱复读，在家干了半年农活，市里有个工厂招工，她跑去应聘，本来是没抱希望的，没想到居然顺利进去了，成了一名正式工人。后来才知道，原来是负责招聘的领导见她长得漂亮，说话声音也很甜，让她当场唱了一首歌，觉得有文艺天赋，就直接把她给录用了。工厂每个月都有文艺表演，葛阿姨每次上台唱几首歌，很快就在上万人的厂里成了名人，是男人眼里的"厂花"，那些未婚男人千方百计地向她献殷勤，其中负责招聘她的那位厂领导的侄子最积极，英俊帅气，能说会道，葛阿姨也有心意，男方是城里人，家庭条件好，对她来说是求之不得的事情。于是，两人确定关系，并结婚生子。葛阿姨嫁到城里，成了娘家人的骄傲，父母生病、弟弟妹妹上学、过年买新衣服，都是她掏钱，她老公有什么好烟好酒也都留着送给老丈人。

谁知道这样的好日子才过几年，在她儿子上幼儿园的时候，她老公与厂里新进来的一位年轻漂亮姑娘好上了，那女的挺着大肚子直接到她家里来耀武扬威，宣示主权。最后，她与老公离婚，带着儿子在外面租房子住，而她老公把那个女的接进了家。她婆婆原来对她还是挺好的，没想到离婚之后，也不理她了。说到底，现在的这个儿媳妇是城里人，她是农村来的，婆婆觉得现在的这个更好，连孙子也不管不顾了。

葛阿姨离婚之后，有人见她一个人带着儿子很辛苦，想给她介绍对象，她都一一拒绝，她担心儿子去了新的家庭会受到委屈。她娘家人对她的索取并没有减少，她为此偶尔向母亲抱怨一两句，她母亲就说她在城里有工资，平时可以在厂里吃食堂，带个儿子能花几个钱，要她把钱省下来给她弟弟在农村盖房子娶媳妇，最好的出路就是赶紧再婚，这样男方也可以拿些钱出来，不能因为她离婚了，耽误了弟弟的事。她父母重男轻女思想特别严重。她钱给少了，娘家与她的往来也变少。那个时候，儿子成了她唯一的依靠，她认为只要自己努力上班，每个月有工资发，基本生活问题不用担心，即便如此，她仍然每个月从工资里面挤出一些钱寄给农村的父母补贴家用。

哪知道，她儿子刚上初中，"下岗潮"来了。工厂多年连续亏损，资不抵债，卖给了一个香港老板，随即工厂大规模裁员，葛阿姨也就成了其中一员，她前夫两口子也未能幸免。就像天塌下来一样，葛阿姨一下子失去了经济来源，她前夫原来还每个月承担一部分儿子的生活费，下岗之后，就直截了当跟她说没钱。她娘家的弟弟妹妹这个时候不仅没有向她伸出援手，反而对她不管不问，生怕她问他们要钱了，不仅不欢迎她回去，他们进城来买东西也不去找她。就这样，亲情在金钱面前不堪一击，彻底断了。后面的几年，她与儿子两人孤苦伶仃、相依为命，没有任何一个亲人来看过她娘俩一眼。

谁也靠不上了，只有靠自己。葛阿姨为了生活，决定去卖菜，借了一辆脚踏三轮车，大清早去郊外进货，然后拿到城内菜市场卖，这样辛苦了一个月，发现卖菜收入不错，但是儿子没人照顾。早上她出门时，儿子还没起床，她也来不及做早餐，儿子有时睡懒觉，闹钟响半天也没醒来，好几次上学迟到，还多次来不及在路边买早餐吃，饿着肚子去学校。遇到天气不好的时候，到了下午，儿子放学了，她的菜还没卖完，儿子就空着肚子在家写作业。她考虑再三，觉得卖菜不是长久之计，这样会耽误儿子读书，于是她决定改行，经过几番仔细观察，她发现了商机。

当时，菜市场门口有几家卤菜摊，卖木耳、海带、腐竹等凉拌菜和卤好的猪头肉、猪耳朵、猪尾巴、鸡爪、鸭爪等，生意好得很，顾客络绎不绝，一到下午下班的时候，就有很多人来排队买。葛阿姨从小就在家里做饭，很喜欢炒菜，喜欢钻研如何把菜炒得可口，在读小学时就超过了她母亲的厨艺。葛阿姨决定干这个。她先买了一些食材和配料自己在家试做，一连做了一个礼拜，终于达到了自己满意的效果，让周围邻居试吃了之后，大家连连夸赞。直到这时，她才正式出摊。

葛阿姨出摊之前就做好了攻略，她不去菜市场，认为那里摊主经营多年有稳定的顾客，自己去抢客户肯定比较难，她选择流动经营，推着借来的三轮车到那些机关单位家属院附近去卖，那个年代各家机关单位挨得比较近，家属院也都在附近，相对比较集中，一到下班时间，人来人往，她在那里一吆喝，一下子就围来了好几个人。三轮车擦洗得干干净净，里面整整齐齐地摆放着六个不锈钢盆，每个盆子上面还有个不锈钢盖子，盖子一掀开，一股刺激味蕾的香味飘出，那卤得金黄的猪头肉、猪耳朵，让旁边的人看着都流口水。葛阿姨还准备了几个小碗，碗里盛着已经切好的卤菜和凉拌菜，可以免费试吃，觉得合自己口味再买。开张第一天，葛阿姨不到一个小时就把六大盆卤菜和凉拌菜就卖完了。还有顾客离开时叮嘱她明天一定要再来这里卖，他还要买。

"下岗潮"席卷大江南北，但是受影响最大的是那些厂矿企业，而机关单位的工作人员很难波及，他们收入稳定，生活开销自然会舍得花钱。

葛阿姨尝到了下岗之后自谋生路的甜头。每天早上，她给儿子做好早餐，然后就去菜市场购买食材，拿回家清洗和加工，到了下午卤菜做好之后，就把饭菜准备好，这样儿子放学回来就可以吃，不会饿肚子。接着，她才推着新买的三轮车，拉着卤菜，开始走街串巷。

很快，葛阿姨的生活好起来了，别小看卖卤菜这种小买卖，其实利润很可观，流动摊位只要按月向相关部门交一点城市卫生费就行，不用承担店铺租金，加上葛阿姨的手艺好，来她这里买卤菜的人越来越多。

一年以后，葛阿姨的前夫来找她，想与她复婚，原来前夫两口子下岗之后，一直没有找到合适的工作，卖菜要赶早怕累，摆摊卖衣服、鞋子、袜子，结果卖的人多，大家争着降价，结果忙来忙去没有利润。那女的又好吃懒做，觉得摆摊丢人，见没有了经济来源，两口子就天天在家吵架，最后就协议离婚。听说那女的离婚之前就已经与一个有钱的老板好上了，带着女儿住在原来房子里，而葛阿姨的前夫就被赶了出来，回到他父母家住。

前夫见葛阿姨生意做得不错，就说来帮她卖，还说看在儿子的份儿上，两人复婚吧。葛阿姨已经看清楚了这男人的嘴脸，才不去理会他呢。前夫找儿子说好话，想让儿子去说服她，没想到儿子比她更坚决，理都不理，到家里来就直接把门关上不让进，前夫买了一些饼干、水果放在门口，儿子就当面扔到垃圾堆里。前夫脸皮够厚的，天天来找她，葛阿姨不胜其烦，后来对他说："你要是再来就报警，说你骚扰我们。"

前夫找不到事做，就与一帮狐朋狗友天天在街上瞎混着。葛阿姨偶尔在街上遇见他，也装着不认识。过了几个月，她有次出摊时，遇到之前工厂的同事告诉她一个消息，前夫有天晚上喝多了酒，醉躺在马路上，一辆大货车经过，司机没注意看就直接压过去了。葛阿姨前几天就听说有车子压死了人，但没想到是他，那个路段本来就没有路灯，他跑到那里去干什么？

葛阿姨那天早早就收摊，回到家，她儿子见卤菜还没卖完，她就说有点不舒服，想提前回来躺会儿。她没有把这个事情告诉儿子，终究他们是父子，血脉是改不了的，她不想让儿子难过。直到儿子读初中了，她才告诉他。没想到儿子告诉她说早就知道了，他奶奶趁她出摊时来家里找过他两次，告诉他爸爸已经不在了，让他回奶奶家住，爷爷奶奶会好好照顾他，以后供他上大学。他听到这个消息之后，哭着把自己关在屋里，不让奶奶进来，他不能离开妈妈，因为他永远忘不了爸爸妈妈离婚时，奶奶把他和他妈妈推出门的场景。

葛阿姨经过几年辛苦努力，在儿子考进当地重点高中那年，她用出摊赚的钱在市里买了一套大房子，儿子考上大学之后，她就盘下一个小店铺，开店经营卤菜，不用日晒雨淋出摊了，但有时也会蹬着三轮车给一些老客户送货。

葛阿姨在城里买了大房子，她娘家人又开始来找她了，变着花样找借口向她借钱。终究是自己父母和弟弟妹妹，感情在几年前就断了，但是血脉断不了，既然他们找来了，她也不好意思拒绝。父母那边她按时给生活费，生病了只要是来市里看病，费用都由她承担。弟弟妹妹们，除了看病和小孩交学费找她借钱，她一一答应，其他的借钱理由就一概拒绝。

葛阿姨的儿子很争气，高分考进名牌大学，还考上研究生，毕业之后顺利进入一家央企，在央企省城分公司工作了三年，就调到央企总部工作。

她儿子工作努力，在单位表现优秀，但是因房子的问题，谈了两任女朋友都没有结果，到了三十岁还没结婚。葛阿姨急了，这时她也攒够了在北京买房的资金，虽然买的只是二室一厅，但这是全款支付。她儿子自己存的工资用来负责新房装修。她没有按揭购买，就是怕儿子还房贷有压力。在央企工作，加上北京有房，她儿子很快就成了抢手货。儿子与女朋友谈了一年就决定结婚，为了儿媳妇怀孕时出行方便，葛阿姨又出手给儿子买了一辆国产小汽车代步。

儿子结婚成家，是她最大的心愿，她忙了半辈子，不就是为了这个儿子吗？所以，她全力以赴地用自己辛苦挣来的钱支援儿子的小家庭。儿媳妇分娩时，由于亲家公和亲家婆都要上班还没退休，葛阿姨果断转让店铺，到北京来照顾儿媳妇和孙子。

到了北京带孙子，不再像在老家做生意那样天天守店了，每天儿子下班回来，她就有时间出来散散步，在儿子和儿媳妇的劝说下，开始加入广场舞队伍。

葛阿姨这么多年做生意，虽然比较辛苦，但收入不错，也一直注意身材保养，白白瘦瘦的，很显年轻，很快就在一群广场舞大妈中脱颖而出，每次跳舞，她都是最亮眼的那个。她的出现引起了大爷大叔们的注意，有些丧偶或离异的大爷大叔就千方百计向她表达爱慕，但都被她拒绝。

她儿子见她孤苦这么多年，也私下跟她谈心，如果真的遇到合适的，他不反对。她直接回复了一句，永远不会有。

葛阿姨后来到我家做钟点工时，小区里有个大爷知道这消息，还来找我，希望我帮他在葛阿姨面前美言几句。葛阿姨告诉我，她自从与前夫离婚之后，她的心就死了，她可不想给别人做免费保姆。

她这样一说，我心里就明白了。我听说过有些大爷大叔打着爱情的幌子欺骗大妈，以结婚的名义把大妈娶回家，然后就给他洗衣做饭干家务，当成了免费劳动力，相处了几年，大妈要是有怨言，一言不合就离婚，反正两人之间没有共同的子女，更谈不上有共同积累的财产。也有大妈见有大爷追求，狮子大开口，要聘礼嫁妆，从大爷手里拿一笔钱，转手给了自己子女，与大爷住在一起时，还得让大爷每个月给她零花钱，没几年时间就把大爷的积蓄全部掏空，甚至还有把大爷房产都忽悠到手的。

我有个同事家里就遇到这种情况，她母亲就在一位大爷花言巧语的追求下结了婚，在大爷家悉心照顾那边的两个孙子，她生孩子，她母亲却说没时间来。后来，那大爷的两个孙子都读小学了，大爷和大爷的儿子就处处为难她母亲，说这也没做好，那也没做好，硬生生地把她母亲给逼出家门，最后离婚。她母亲给人家白白照顾了十年孙子，走的时候一分钱都没给，还说在他家免费吃住了。我同事说那大爷年纪大了，他儿子怕父亲走了之后，继母分父亲的财产，所以在继母没有利用价值的时候，就千方百计地要把她赶走。

葛阿姨的儿子和儿媳妇都在好单位工作，薪资待遇很丰厚，一家四口过得开开心心。可是，天有不测风云，在她孙子三岁的时候，她儿子在一次外出时，为救一名落水的小孩，永远离开了他们。葛阿姨知道这个消息时，如五雷轰顶，当场就瘫倒在地上，儿子是她一辈子的希望，在三十五岁青春年华时走了。一夜之间，葛阿姨的头发白了一大半，她哭过之后，坚强地站起来，她要照顾伤心欲绝的儿媳妇，和还没长大的孙子。

葛阿姨的孙子白天上幼儿园，她一个人在空荡荡的屋子里，显得更加寂寞。她觉得应该找些事做，只有做事才能让她忘记对儿子的思念。干老本行卖卤菜，北京这边条件不成熟，租店铺的话，租金太高，有风险；流动摆摊，不适合城市管理，容易被城管罚款。但是她一直在寻找做事的机会。

有天，葛阿姨在小区电梯里听到一对小情侣讨论找钟点工给家里打扫卫生，她就试着问了时间和费用。这对小情侣就住在楼上，常见面，她一看时间合适，费用也不低，就说她可以去试试做。对方见她不是开玩笑，就约定好上门时间，并用手机存下她的手机号码。

葛阿姨到了约定的时间去了那对小情侣家里，一看那场面真是凌乱啊，满地堆着鞋子，沙发上和床上到处都是衣服，厨房很长时间都没有打扫，墙上布满油迹。小情侣一人守着一台电脑在玩游戏，电脑桌上的零食袋子也堆积如山。看小情侣的穿着打扮，是无法想象他们住的房间有这么脏乱。

葛阿姨先从卧室开始收拾，先帮他们把衣服都分类叠好，再把床铺整理好，擦窗台、墩地；接着就是收拾客厅、餐厅、厨房，最后是卫生间，一通忙碌下来，紧赶慢赶，花了四个小时。当小情侣从自己的游戏里面抬起头观察房间时，都怀疑自己是不是做梦，葛阿姨把房间收拾得非常整洁，茶几上、餐桌上摆放的东西整整齐齐，厨房灶台那些油盐酱醋的瓶子也擦得干干净净；连房间里的衣服叠放和卫生间的毛巾摆放也规规整整，这已经是星级酒店的服务标准了，完全超出了钟点工打扫卫生的范畴，谁家请的钟点工还给叠衣服和摆放毛巾啊？

葛阿姨说约定是三个小时，第一次打扫慢了些，超过的一小时可以不算钱。小情侣很惊奇，以前找过钟点工，都是三个小时起步，就算两个半小时干完，也是按照三小时付费，如果是三个半小时干完，就得按四个小时计费，每次打扫卫生也没有这么细致，现在葛阿姨反而要少收钱，这哪能同意，一定要按四小时跟她结算，并且与她约定，每周一三五上午来家里打扫，他们上班时把钥匙递给她，让她到时直接开门进来就行。

葛阿姨离开之后，小情侣激动地拍了好几张房间的照片分享到小区业主QQ群里，这一下子就炸开了锅，好几个人向小情侣要葛阿姨的电话，要约她去打扫卫生。业主很多是年轻人，大家工作太忙，平时没有时间收拾房间，双休日都想睡懒觉，也不想劳动。

就这样，葛阿姨不到一小时就预约了一堆客户，把周一到周五，上午和下午的时间都排满了。她不想让儿媳妇知道自己在做钟点工，所以晚上和双休日就没有安排去做事。葛阿姨是在用心做每一件事，除了日常的卫生打扫之外，她还主动给雇主换床单、清洗窗帘、盆栽浇水、给小猫小狗洗澡等。有雇主在QQ群里说：每天回家开门看到葛阿姨收拾的屋子，就像自己的妈妈来过一样。

葛阿姨的儿媳妇是在一个月之后才知道这事，想反对，但是见她忙碌可以走出悲痛，心情变好了很多，也就默认了，只是经常提醒她多注意休息，打扫卫生时别滑倒了，年纪大了要注意保护腰，别扭着了。

我妈妈跳广场舞认识葛阿姨时，葛阿姨已经开始做钟点工了，两人很快就成了好朋友，无话不谈。我妈妈回老家之前把葛阿姨介绍给我，说以后要是忙不过来没时间收拾屋子的话，可以请葛阿姨帮忙。

记得那天，妈妈领着葛阿姨来到家时，她穿着干净利落，盘着头发，如果不仔细看，发现不了乌黑的头发下面隐藏着一些白发。

从那以后，葛阿姨每周来我家做一次钟点工，因为她的工作排得比较满，我就没有与她约定具体工作时间，把门口电子锁的密码告诉她，她什么时候有时间就什么时候过来。

有一次，有个朋友给我寄来了一只宰杀好的大鹅，我说自己不会做，正好被在家里打扫卫生的葛阿姨听见了，她说她会做。那天，葛阿姨给我家做了一道至今想来都馋得流口水的可乐煲鹅，我强留她下来一起吃饭。后来，我还邀请她和她儿媳妇、孙子一起来我家吃过几次饭。她是我妈妈的好姐妹，自然就是我的姨妈了。

到了2020年春，由于特殊原因，大家都宅在家里，葛阿姨也没法出来做钟点工，但是她时常发微信提醒我要多注意休息，多注意安全，多注意卫生。偶尔有几次在小区外面散步时见面，也只是简单地聊几句。小区管理比以前严格，外人不让入内，葛阿姨从那时起，就没有来过我家。

到了2022年春，在家闲着没事，我与陈总视频通话聊天，得知他正在为找不到住家保姆发愁，因为他媳妇马上就要生二胎了。我详细问了一下他的要求，说帮他找找看是否有合适的。挂断视频，我给葛阿姨发了信息，问她最近忙不忙。她很快就给我回信息说：闲得发慌，正在小区旁边的公园散步。那个公园是开放式的，没有围墙和栏杆，可以随便进出。我就跟她说："我也想出去走走，要不我到公园来找您吧。"

我开车到公园时，葛阿姨穿着一件带帽的深蓝色羽绒服，戴着口罩站在马路边等我。北京这个时候天气还很冷，公园都是光秃秃的树干，没有一片树叶，地上的草也都是枯黄枯黄的。我俩相隔着一米多远的距离聊着天。

我先问了她的情况，她告诉我她的亲家母去年就来北京了，大家住在一起，亲家公已经退休了，计划也来北京，说是来帮忙一起照顾外孙。她现在就想找点事做，说直白一点就是想找份工作挣钱，回老家的话，她舍不得孙子，目前在北京又没有合适的工作。房子不大，要是大家都挤在一起住，长此以往也不是个事。

说得好听一点，她亲家公和亲家母来帮忙一起照顾外孙，实际上应该是她与儿媳妇之间已经产生了距离。儿媳妇搬来自己的父母，就是想在自己与婆婆之间建立一道屏障。两室一厅的房子，五个人如何住？要么是葛阿姨睡客厅，要么就是亲家公和亲家母睡客厅，显而易见，这种情况肯定是葛阿姨睡客厅。没有儿子这个感情纽带，这不是明显想挤走她吗？葛阿姨心里应该是非常明白的，只是没有直接说出来而已。

这房子是她儿子的婚前财产，现在房产证上写的是她孙子的名字。这事是我妈妈听她说的，然后我妈妈又告诉了我。

我见她这样说，就直接问她："如果离开这里，还能回得来这个家吗？"她当时愣了一下，过了一会儿反应过来，明白我问这话的意思。

她说这房子是在她孙子名下，并且还在公证处做了公证，没有她的允许，谁也不能抵押和转让这套房子。她说完之后见我没有说话，就又告诉我，她跟亲家母说了，不反对她儿媳妇再婚，如果男方不接受小孩，她这个做奶奶的负责照顾，不给儿媳妇拖后腿；如果男方接受小孩，那就更好，也可以搬到这房子里住，但需要负担小孩的吃穿和上学的一切用度。

房子对于中国老百姓来说就是一件大事，何况是位于北京城内的房子，这是葛阿姨卖了十多年卤菜换来的房子，是她孙子在北京唯一的避风港。得知她能掌控这房子，我也放心了，就把陈总找住家保姆的事情告诉她。

葛阿姨听了之后跃跃欲试，说这机会难得。我就当场给陈总打去电话，告诉他葛阿姨是我在北京遇到最好的阿姨，认识都有六年了。陈总听了很高兴，他与葛阿姨在电话里说了几句，然后就约了时间见面详细谈谈，算是面试吧。

第二天下午，葛阿姨就用微信发语音给我，说陈总已经确定录用她了，明天就搬过去，谢谢我给她介绍这份工作。

没过多会儿，陈总直接给我发来视频，说葛阿姨刚从他家里离开，她要回家收拾一下，明天就来上班。我说："不考察一下了？"陈总说葛阿姨来家就收拾卫生，接着就下厨做饭，那菜一端上来，他家平时挑食的闺女居然多吃了一碗饭。

于是，我把葛阿姨的情况跟陈总详细介绍了一遍，说完之后，陈总在那边沉默了一下，说了一句："那我给她工资再加两千吧。"原来开的就很高，再加两千，那确实是很丰厚了。我就说了句"慧眼识珠，物超所值"。

葛阿姨搬到陈总那边去之后，我就与她没有再见面，但是每到节日时，她都会给我发条祝福信息。今天再见到她，她应该是很幸福的。

我开车到了家，给陈总发去了一条短信："陈总，今天遇到葛阿姨，谢谢你们对她的关照。"

陈总很快就回了信息："谢谢你让我多了一位家人。"

　　我笑了，这人与人之间的距离，并非仅仅取决于血缘，而是取决于人心。想想那些有着血缘关系的亲人，本应是最亲近的人，却因为心中藏着各种算计，让彼此的距离变得遥不可及。在利益面前，他们忘却了亲情的温暖，只剩下冷漠和提防。就比如葛阿姨与她的娘家人、葛阿姨与她的儿媳妇。而有些人，他们之间没有任何血缘关系，却胜似亲人。在你遭遇困境时，那个毫不相干的人伸出援手，给予你帮助和鼓励。他们用真心和善意，跨越了血缘的界限，拉近了彼此的距离。比如陈总把葛阿姨当作自己的家人。

　　人与人之间的距离，说到底，是由人心决定的。心中有爱，有善良，有真诚，距离就不再是障碍；心中只有自私和算计，即使有血缘相连，也难以亲近。

单亲爸爸元三

元三，姓元，在家排行老三，喜欢大家叫他元三。安徽肥东人，在北京工作已经整整二十年，用他自己的话说他是被人骗到北京来的，熟悉他的人都知道，实际上是他自己骗了人家小姑娘一起跑到北京来的。

我是在一个客户新年答谢会上认识他的，当时他与我同桌。新年答谢会是很多公司年底举办的重要活动，请各地合作的客户相聚一堂，把酒言欢，感谢这一年来在业务上的照顾，公布公司的战略方向，总结一下今年的业绩成果，让客户们看到自己的实力，发布下一年的业绩计划，让客户尤其是下游客户拼命扩大市场。对于大多数参加答谢会的人来说，答谢会上吃什么喝什么不重要，答谢会上主办方老总在台上激情洋溢地说什么也不重要，表演了什么文艺节目不重要，离开时带一份什么礼物走也不重要，重要的就是利用这个机会多认识一些朋友，说不定在业务上能有合作。

我与元三交换了名片，他向我滔滔不绝地介绍公司业务。虽然在中关村只有一个柜台，但是只要跟电子产品相关的所有业务，从简单的配台电脑，到复杂的市政工程的道路监控等等，他都可以做。他这种情况在中关村是很普遍的，别看他们有些人只是摆个柜台，实际上他们是注册了公司，能承接相关业务的各种项目。接到业务或者说能中标业务才是重点，至于找人来施工，在中国这个大市场，是从来不缺干活的工人，甚至有些公司中标之后直接转包给别人，直接从里面赚取差价。正巧我公司计划在春节过后要扩招一批员工，需要购买办公室设备，就与他聊了这事，初步达成了合作意向。

春节开工上班第一天，元三就带着老家特产来我公司给我拜年，并带着专业的眼光把公司上上下下的电脑、远程监控设备、网络设备等都看了一遍，提了一些建议。随后，他在给我公司送新设备时，帮我公司的所有设备都重新进行了调试，效果比之前强了很多，在费用上比之前合作的公司也优惠不少。从那以后，公司办公设备方面只要有什么问题，一个电话或者发个信息，他就跑来了。没错，是他自己亲自带着技术人员来的。我有时跟他开玩笑说："你这当老板的不需要事无巨细，服务太好了，假如以后不买你设备，会让我很为难啊。"他说："我的服务就是让你们处处想到我，我这边就是个小公司，柜台留个小姑娘守着就行，公司几个技术人员不需要坐班，成天在外面跑，只要客户有需求，随叫随到。"

元三来公司的次数多，我与他就成了朋友，有时还相互叫上几个朋友一起吃饭小聚，两人的关系就更熟了，我也慢慢地知道了他的一些故事。

元三从小在农村长大，在小学时，他父亲就因病逝世，他说如果当时有钱能送到市里大医院的话肯定就没事了，家里穷掏不出钱，在县医院也是因为没钱住院提前回家的，回家在床上躺了半个月就走了。元三上面有一个哥哥和一个姐姐，哥哥是老大，姐姐是老二。他读小学时，他的哥哥和姐姐就早早到上海去打工挣钱了。他学习不用功，读到初中时就不想读了，他哥哥回家过年时把他揍了一顿，说再苦再穷也要念书，没有文化在外面挣钱太累了，他哥哥说，自己高中没有念完打工一年不如那些大学生一个月挣得多，没有文化干的活都是又脏又累的。

元三不懂这些道理，他只要一拿着书就想打瞌睡，走进教室就想着快点下课，虽然在哥哥的威逼下去读了高中，但在那所当地教学质量比较差的高中里面，逃课成了他的家常便饭。好不容易混到高中毕业，拿到毕业证就坐火车去了上海。他说高考分数都不用看，如果他能读大学，那所有人都可以读大学了，果然如此，后来分数出来，离大学录取线差了二百多分。

元三到了上海之后，就跟着哥哥在一家汽车修理店干活，他哥哥已经干了五六年汽车维修，是老师傅了，收入还不错，修理店的老板对他哥哥很好。他哥哥就想让元三也学一门手艺，汽车以后要走进千家万户的，这门手艺学好，不说发大财，挣些钱回老家娶个媳妇、养家糊口是绝对没问题的。

元三干了两个月，就不想干了，觉得这日子没意思，天天穿着满身机油的衣服在车架下面爬来滚去，有些车主对他们态度还特别凶。元三与哥哥商量不想修车，两兄弟吵了好几天，他哥哥拿他也没办法，就把他送到他姐姐那里。

元三的姐姐在一家饭店里面做服务员，姐姐已经结婚，姐夫在饭店里面做厨师。元三就跟着姐夫学炒菜，先从最基础做起，洗菜、切菜，甚至还刷锅洗碗，只要是厨房里面打杂的事情，就都得做。又是干了两个月，元三坚持不下去了，饭店生意特别好，他在厨房里面从早忙到晚，他干活慢，饭店老板不骂他，他姐姐可不惯着他，他姐夫想帮他说句好话，也都会被他姐姐顶回去。元三赌气跑了。

元三跑到一个网吧玩了两天两夜，他姐姐找到他之后，又打又骂，他哥哥也跑来训了他一通。他哥哥问他喜欢干什么工作，他说喜欢做网管。因为在网吧里面上班，可以随时玩电脑打游戏。问题是他啥也不会，想做网管也没哪家网吧要他。他哥哥和他姐姐一合计，掏钱给他在上海报了一个电脑班，说如果学不好就不管了，自生自灭吧。

谁也没想到，元三在这方面有天赋，虽然平时读书不行，但是对电脑充满好奇，所谓兴趣决定动力，他在电脑班非常用功。用他自己的话说，如果中学时要这么用功的话，肯定能考上清华、北大。虽然这有吹牛的成分，但是他确实非常努力，而且学到了不少电脑方面的知识。三个月的电脑班结业之后，他跟他哥哥说，还想多学点，他哥哥见他确实是在学习，就又花钱给他报了一个电脑高级班。

半年后，元三成功应聘进了上海一家大型网吧，包吃包住，待遇还不错。网管不仅仅是收钱、登记、开机，还得负责维修电脑。这网吧里面的电脑用的都是高配置，但来上网的人也有瞎折腾的，尤其是玩游戏的那些人，打输了摔键盘、拍机箱、捶显示器，那是常干的事，所以电脑经常故障，元三就得负责处理。他在没事的时候，还喜欢钻研，买一堆电脑方面的书回来研究。就这样，他的电脑技术，在实践中日益提升。

元三在网吧里待了整整三年，电脑技术提升不少，各种游戏也玩遍了，就觉得网吧这日子也没啥意思。在上海这个大都市里面待久了，就明白了钱的重要性，网管这个工作挣的钱在上海那些上班族面前只能是算小鱼小虾。有网友鼓动他出来自己干。开网吧，自己没有资金。网友就给他支招，修电脑和卖电脑。那个时候，有不少人都是买组装电脑，就是根据自己的需求选购各种电脑配件，然后组装成一台电脑。电脑显示器、主板、CPU、内存条、显卡、风扇、机箱、键盘和鼠标等都可以根据需求来选购，这方面，对元三来说是小菜一碟。他就先在网络论坛发帖找客户，然后自己又根据电脑市场价格来组装。由于他在网吧做了三年管理员，认识不少玩电脑的人，其中自然就有一些人要买电脑或者更换新电脑，于是他们就成了元三的第一批客户。

元三找到赚钱的门路了。遇到那些高端游戏玩家，选购电脑非常舍得花钱，只要性能好，价格无所谓，元三还给他们提供全年保障服务，他发现，有时给别人配置一台电脑赚的钱比在网吧一个月工资还要高。

元三决定创业，于是离开网吧，到上海电脑最大的汇集地徐家汇租了个小柜台开始卖电脑。在这里卖电脑，不需要存货，只要有个柜台就行，柜台货架上的各种电脑配置，也都是从各代理商那里借来摆放的。有客户来了，拿一张白纸，根据需要把配置和价格谈好，然后客户交订金，一个小时之后来取货。元三收到订金之后，就到各代理商那里拿货。电脑城里面有专门卖显示器的，有专门卖显卡的，有专门卖CPU的，等等，电脑所需要的配件在电脑城都有，电脑城里面的商家相互之间都是签字拿货，约定一段时间结算账款，不需要当场付款。元三拿齐配件，就组装、安装系统、安装驱动、调试程序等一系列完成之后，客户就支付尾款。一番操作下来，除了柜台需要租金，没有投资风险，没有压货风险，也没有客户赊账风险。

在徐家汇的三年，元三至今提起时还在感叹，那个时候的生意真好做啊。但他也只是在那里待了三年，就逃到北京来了，而且是背着一屁股债仓皇而逃。

元三在上海混得好，村里的伙伴知道了，就跑来投靠他。这个伙伴与元三从小玩到大，一起放牛、一起割猪草、一起掏鸟窝、一起逃课，用农村里的俗话说是"同穿一条裤子"。元三生意越来越好，正缺帮手，就收留了伙伴。元三自己负责开发单位团购这种大客户，伙伴就负责拿货发货。元三对这个伙伴完全信任，常拍着他肩膀说一起发财在上海买房。也就是这种信任害了元三。

有次，元三去浙江给客户送货，两天之后回来发现伙伴没在柜台，手机关机，再问周围柜台的人，旁人说昨天就没看到来，还以为是去外地送货了。元三再一打听，吓了一大跳，出大事了。原来这个伙伴最近一个月从各产品代理商那里拿了很多货，尤其是CPU这种货，体积小、价格贵，拿得更多，而这些都不是元三让他去拿的，签的却都是元三的名，总共算下来有将近百万元的货。元三这下急了，给所有认识伙伴的人打电话，结果都说不知道下落。给老家县城的朋友打电话，让他到村里找人，结果被告知没有发现那伙伴回去。各家产品代理商知道他被人骗了，就催着他结账。甚至有人说他与那伙伴串通好的，故意演戏给大家看，就是想骗大家的货款。

　　元三被逼无奈，只有报警。警察通过半个月时间的调查，很快就抓住了这个伙伴，原来他来上海之前就在网上贴吧里面认识了一个人，跟着那人买"香港六合彩"，结果越买越亏，越亏越买，到了上海还不改邪归正，利用元三跟代理商结账的时间差，挪用了不少钱，后来亏得太多了，就起了坏心，直接骗了一大批货，拿到外地低价处理，把卖货的钱又去买那种非法的"香港六合彩"，想翻身回本，结果是意料之中的都亏光。

　　就这样，人是抓着了，也判刑了，但是钱没了，代理商可不管这些，因为货都是以元三的名义拿的，这个伙伴属于元三的员工，他们只会问元三要钱，至少成本得给。结果元三把那几年挣的钱都拿出来赔付货款，没付清的就写欠条，等以后再还。

　　元三想在上海继续做电脑生意，但是那些代理商都不愿意赊账了，要他每日都结算，若拿货多一些就要他当场结账。他手里已经没有余钱，没办法接大的业务了。元三觉得这样下去不是长久之计，正在他苦恼的时候，他通过QQ聊天认识的女朋友说要去北京实习，问他愿不愿意陪她去。女朋友是上海人，刚刚大学毕业，是要到一家有名的互联网门户网站实习，元三这边发生的事情她还不知情。北京中关村是全国最大的IT产业聚集地，是很多IT创业者的梦想家园，元三之前就想去看看，这次既可以借机与女朋友的关系再进一步，还可以找寻新的商机。于是，他就答应了。

元三与女朋友来到北京之后，直奔中关村，几天下来，他决定在北京再次创业。那一年是2002年，元三正好二十六岁。中关村的创业氛围更浓，电脑城更多，并且大部分都集中在中关村大街。元三找哥哥和姐姐借了一些钱，在位于北京大学东南角的中海电子城里面一个小角落租了一个柜台，又在附近居民区里面租了一间只有十平米的房子，这是与别人合租的房子。三室一厅总共住了十个人，主卧住了一对夫妻，已经结婚两年了，在中关村卖电脑；次卧住了一对情侣，大学刚毕业，还在找工作；元三住的房间面积最小；客厅和阳台住了四个男生，也都是刚毕业出来的，用布帘子隔开各自居住的空间。

元三后来跟我说，那就是蜗居，每天晚上排队洗澡，每天早上排队上厕所。北京房租费太高了，自己这个时候靠借钱过日子，哪里还敢去外面单独租套房。那段时间日子过得虽苦，但是很快乐，租住的地方离北大很近，每天下班之后，就与女朋友到北大校园里面散步，在未名湖岸边看鸳鸯戏水，在斯诺墓旁看松鼠爬树，到北大图书馆看书，去北大食堂吃饭。那个时候进出北大非常自由，不像现在还要预约，每天还有名额限制。

如今，元三偶尔也去北大里面走走，坐在未名湖旁发愣，或许他是在回忆当年那段美好时光。

中关村是创业者的沃土，元三的柜台虽小，但是他善于宣传推广，经常到一些大学贴吧里面发帖，骑着自行车到周围高校的广告栏贴广告，很快生意就好了起来，不少学生来他柜台买电脑。买电脑的流程没有区别，都是谈好配置和价格，学生交订金，元三去各代理商拿货，组装完成就安装操作系统，调试完毕之后就把尾款收齐。每个学生装完电脑时，元三就让他们推荐同学来这里买电脑，每推荐成功一台就给学生200—500元不等的奖励，这对于在校大学生来说，也是一个赚外快的好机会，于是不少学生帮他宣传，帮他介绍客户。学生的电脑有任何问题，他都会免费处理，如果晚上来电话说电脑有啥问题，他直接骑着自行车去学生宿舍解决。他的口碑越来越好，生意也越来越好。

一年之后，他女朋友怀孕了，他就在北大南门对面的小区租了一套两室一厅，虽然租金很贵，但是他和女朋友两人上班都很方便。女朋友实习结束之后，直接转正成了门户网站的员工，上班地方就在附近，步行十几分钟就到。元三与女朋友坐火车去上海领结婚证时，一起憧憬着未来，给宝宝起了一个很大气的名字——元朝。后来他儿子出生上户口时，当地派出所建议他换个名字，"元朝"只能作为乳名。

元三本来以为自己带上一堆好礼品，木已成舟，上门拿个户口簿去领结婚证是一件很简单的事情，结果出意外了。他与女朋友交往，女朋友之前并没有告诉父母，直到他们准备回上海时，才提前简单说要带男朋友来家里。结果可想而知，刚进家门，女朋友的父母看到女儿肚子大了，就非常不高兴，一问元三的经济情况，当场反对，说自己就一个闺女，好不容易培养大学毕业，怎么能嫁给你这个高中生呢？何况你还欠着一屁股债。

元三这个时候生意虽然不错，但是在上海欠的那些货款还没还清。他女朋友是到了北京过了一段时间才知道他在徐家汇发生的事情，当时没有责怪他，反而说吃一堑长一智，鼓励他努力奋斗。他以为两位老人也会这样安慰他的，所以他把这些情况一五一十告诉了他们。结果就是两位老人愤怒地把他赶出家门。

元三连续三天登门向两位老人求情，请求能同意他与女朋友结婚，他甚至跪在门口，但是两位老人就是不愿意开门。被逼无奈，元三就采取了一个无赖的做法，他买了个喇叭，站在小区里面喊女朋友的名字，还说请街坊邻居来评评理，现在是提倡婚姻自由，女朋友怀孕了，老丈人不让结婚，还在逼他女朋友堕胎。

元三的无赖操作，一下子轰动了整个小区，小区居民越聚越多，议论纷纷。两位老人没想到元三居然这么不要脸，如此闹下去，他们以后在这个小区里面如何见人？最后，元三胜利了。女朋友拿着户口簿出来，两人去领了结婚证，女朋友变成了媳妇。

婚是结了，但是没有办酒席。上海这边，老丈人都恨不得杀了元三，哪里还愿意给他俩办结婚喜宴？元三的老家是在农村，他媳妇不愿意去，元三还欠着债也不想回去办酒席。最后，只是在北京请了几个朋友简单吃了一餐饭。

这段时间，因为业务扩大，中海电子城里的柜台太小，里面又没有大的柜台转让，元三就搬到了硅谷电脑城。后来，在北京打拼的二十年，元三的柜台经历过多次搬迁，从中海电子城到硅谷电脑城，然后到海龙电子城，又到鼎好电子大厦，再到E世界数码广场，如今在科贸电子城里面应该有五六年了。

生儿子是大事，回上海生产，老丈人和丈母娘都在上班没有时间照顾；回安徽老家生产肯定不现实，农村居住条件差，结婚时他媳妇都不愿意去看看，更不要说回农村坐月子了。唯一选择就是在北京生产，元三只得把他妈妈从老家接到北京来。

小元朝出生了，是一个大白胖小子，元三乐开了花，工作起来更有动力了，他要买房子，要好好培养儿子，将来让他到小区马路对面的北大去读书。这是元三的理想，我想也是很多来北京打拼人的理想吧。

原本其乐融融的家庭气氛，在小元朝满月之后，就开始有了变化，并且越来越明显。元三妈妈与元三媳妇之间产生了矛盾，而且每天都在升级。元三妈妈一直在农村生活，又没有上过学，所以很自然地把农村里的一些生活习惯带到北京来，元三媳妇从小在上海长大，完全接受不了元三妈妈的生活习惯。元三媳妇是独生女，养尊处优，在家是从来不做家务的，自己工资不低，吃穿用度也比较大方，而元三妈妈就总说她乱花钱。两人在照顾小元朝的观念上也是完全不同，元三妈妈认为小孩子只要不饿着就行，元三媳妇为儿子花钱连眼睛都不眨一下，只要她认为好的，都舍得买回来。元三每天下班回来第一件事不是抱儿子，而是听他妈妈和媳妇轮番上来告状。婆媳关系是一个世界难题，千百年来都是让很多男人左右为难、焦头烂额也很难协调好的关系。等到小元朝半岁时，元三实在受不了这种充满"战火硝烟味"的家庭生活，就只好把他妈妈打发回老家，请保姆照顾小元朝。

本以为这样就没事了，元三想简单了。没结婚之前，两人在一起生活不存在什么金钱利益，也没有柴米油盐的烦恼，偶尔一起去西餐厅吃吃饭、看看电影，挺浪漫的，双方展示的都是最温柔可亲的一面。现在结婚生子，白天上班累得有时连口水都没时间喝，晚上回到家，又要面对照顾小孩和一堆家务活。虽然请了保姆，人家可只是负责把小孩照顾好，别饿着就行，哪里有时间收拾家务，想让保姆多干活就得加工资，或者另外请人，这算下来可是一笔不小的开支了。元三与媳妇之间的矛盾就这样慢慢地滋生了。

元三后来跟我说他与他媳妇之间矛盾的根本原因是文化差异，他高中毕业，天天在电脑市场卖货，与市井九流各种人等都有往来；他媳妇是大学毕业，在互联网门户网站上班，同事都是名牌大学生，穿着打扮、言行举止，处处散发着白领的气质。日子久了，两人交流的共同语言少了，生活上也开始拌嘴赌气。

在他们儿子小元朝刚满一周岁时，互联网公司兴起搞优化员工政策，他媳妇所在的门户网站也在实施，由于他媳妇每天不加班，下班到点就回家带儿子，儿子生病还多次请假，于是就成了优化对象。他媳妇被辞退那天，回到家把所有的怨气都撒在元三身上，然后丢下儿子，收拾行李，坐车回上海了。

元三见媳妇回娘家，也没有在意，认为是丢了工作心情不好，回去住几天散散心。谁知，一周之后，媳妇还没有回来，元三打电话去问，媳妇说不回北京了。元三还以为她在赌气，而自己生意很忙，也就没有当回事。万万没想到，一个月过去了，他媳妇还不回来，并且每次去电话，她的态度很坚决，不回北京了。

元三一下子就慌了，虽然两人这段时间经常吵架，他也只是认为这是家里的鸡毛蒜皮的事情而已，很多夫妻不也经常拌嘴吗？他抱着一岁多的儿子就去上海。儿子出生到现在，还没去过上海，儿子的外公外婆也没有来北京看望过，只是听媳妇说她爸妈给她汇了一万块钱，说是给外孙的奶粉钱。元三给老丈人和丈母娘打过电话，那边不接，发过短信也没有回。有时元三媳妇与父母通话，元三想接过电话说几句，那边听到是元三的声音，就立即挂了电话。元三有自知之明，自己现在发展得不好，等经济条件好了，老丈人和丈母娘自然就会接受他了。

元三带着儿子进了老丈人的家，听到的第一句话就是"离婚"。没有任何回旋余地，尽管元三向媳妇认错道歉，尽管他自己一直认为生活中的鸡毛蒜皮的事情没有必要闹到离婚，而且儿子还这么小，但是，元三与他媳妇还是离婚了。

为了得到儿子的抚养权，他给他媳妇支付了一笔高额费用。

元三说他老丈人开口多少钱，他没有还价，当时没有那么多钱，还是找他哥哥姐姐借钱给的，一是觉得自己亏欠媳妇，在他最困难的时候陪伴他；二是能拿到儿子抚养权，再多的钱都值得，虽然老丈人说不要这个外孙，而且说得很决绝，但元三也明白女方如果带着孩子再婚的话，多了一个"拖油瓶"，会比较麻烦。

一个人带着儿子，还要做生意，元三忙不过来，就想请他妈妈来北京带孙子，他妈妈说在北京生活不习惯。没办法，元三只得把儿子送回老家农村。他儿子直到三岁半读幼儿园了，才接回北京。多年过去了，如今，他儿子已经到新加坡留学了，而他还是单身一人，没有再结婚。

我有时开玩笑说他是钻石王老五怎么不再找一个呢？他说这样也挺好的，有过几次想结婚的念头，后来放弃了。

元三第一次想再婚是在儿子从老家来到北京读幼儿园时，那个时候他已经身无欠款，而且小有积蓄。原本想在中关村附近买房子，但房价太高，去偏僻地方买房，上班不方便，教育条件差，不利于儿子成长。于是他就花钱在中关村一个比较好的小区租了一套房子，又想办法让儿子进了那个小区旁边的幼儿园。那是一所在中关村很有名的幼儿园，很多人挤破脑袋都想进去的。元三具体使用了什么手段让儿子进去的，他没有细说，只是说了句通过朋友帮忙。儿子读幼儿园，早上他有时间送去，下午没有时间去接，就算接回家也没有人照顾，因为他有时晚上还要给客户送货。元三决定给儿子找个妈妈。

电脑城里面的同行知道元三准备再婚这事，纷纷给他介绍对象。一番相亲下来，元三看中了一个，是在另外一家电脑城卖电脑的，对方也愿意与他交往。女方与他儿子也见面了，小元朝与她相处得也很好，挺喜欢这位阿姨。元三满怀信心向女方正式求婚时，女方提了一个条件，那就是在北京给她买套房，房产证上写她的名字，给她一个保障，她愿意结婚之后好好照顾小元朝。这就让元三为难了，那个时候北京房价虽然比现在是便宜很多，但那个时候的钱相对值钱，相对于全国房价来说，北京的房价也是很高的，就算是在五环外买，一套房子下来也是一笔不小的数目。更重要的是在结婚前给她买，只写她的名字，这风险有点大。元三说婚后买，女方不同意，说万一结婚之后不买，她就亏了。于是，元三就与她果断分手。

戏剧性的是女方至今还没结婚，偶尔还约元三出来吃饭，元三有时有饭局也邀请她参加。我在一次饭局上见过那女子，长相可以，言行举止都很得体，现在应该有四十多岁了。私下里，几个朋友与元三开玩笑，说他与她两者有情，但又不完全信任对方，元三不敢在婚前给女方买房，女方不接受婚后买房。我想，她至今没有结婚，应该是没有遇到愿意先给她买房的人。

那段时间，元三又谈了几个，其中有不能接受他有小孩的，结婚可以，要把小孩送回老家；有小元朝见了不喜欢的，要是儿子不喜欢后妈，这也没法相处；也有对方要带着自己小孩结婚的，元三又担心人家会偏心，不会真心对待小元朝。一番折腾下来，元三放弃了，觉得太麻烦，就只得跑回老家把他妈妈强硬接来北京照顾小元朝。

元三认为自己当年被老丈人瞧不起，除了经济条件之外，还有一个原因就是他没有文凭，尤其是这几年相亲，有些女的听说他是高中毕业生，也不愿意交往。于是，他就下狠心要考个文凭下来。北京大学是北京市自学考试计算机及应用、心理学、人力资源管理、法律、律师、日语等专业的主考院校，自己就住在北大对面，就得考个北大的，他就决定自学考试计算机及应用这个专业。说干就干，他买了相关的教材，又报了辅导班，白天上班，晚上就去听课。元三虽然中学时成绩不怎样，但世上无难事，只怕有心人，加上他对计算机这块接触了快十年，经过努力，花了四年时间终于拿到了一个大专文凭。他说就是英语和高等数学太难了，考了三次才及格，不然早就毕业了。我曾开玩笑说："那你应该再接再厉拿下本科文凭。"他忙摆手说还是算了，别折磨自己了，能拿到大专文凭已经是祖宗保佑了。后来，我打听了一下，自学考试计算机及应用这个专业其实很难，每年通过率非常低，高等数学就是"拦路虎"，有不少人考五六年都没有通过的，也有人就是因为高等数学最终放弃了毕业。

元三第二次想结婚是在买了房子之后，在北京奥运会结束没多久，趁着北京房价回调之际，在海淀区买了一套学区房，虽然是二手房，但位置好，旁边就是一所大学的附属小学，他儿子小元朝也就顺利进入了这所优质小学。在北京有房，而且还是价值不菲的房子，自然就得到了不少女性青睐，身边不停地有朋友给他介绍对象，他妈妈也让他赶紧结婚，她不想在北京住，觉得老家住着自在，这里邻居之间都不往来，平时连个说话的人都没有。

元三开始了相亲，但是很快又放弃了这个想法。原因太简单了，愿意跟他结婚的女性，要么带着孩子一起过来，他得负责孩子生活与教育的一切开支；要么就要在房产证上面加女方名字，并且说好占有一半产权；还有女人想让老家的父母也来北京住，让他负责养老。元三在社会上打拼了多年，对辛苦挣来的财产看得很重。他说花钱照顾别人孩子，不如把钱多花些在自己儿子身上；房产加上名字，万一结婚没几天就离婚，那自己岂不亏惨了；自己的母亲还没照顾好，反而去照顾别人的父母，他做不到。

元三的这种想法，对他来说是有一定的道理，但是自己一毛不拔，不拿出一点诚意，哪个女人愿意来呢？我想这也是他一直不能再婚的原因吧。你说他小气吧，却又不是。他请朋友吃饭挺舍得的，好酒好菜招待，从不含糊；他还经常参加公益活动，看到微信群里有什么治病求助的众筹，他都参与，几百元几千元的捐赠；他老家农村有几个家境贫困的老人，他常常接济。

再后来，元三不提结婚的事情了，全部心思都放在了照顾儿子和做生意赚钱。他儿子高中读的是国际学校，学费不便宜，高中毕业就直接去了新加坡。

随着互联网的发展，网站购物越来越普遍，也越来越有保障，大家购买电脑和电子产品习惯到网上购买了，价格优惠，退换货也很快，服务放心。元三的电脑销售业务受到了很大影响，平时主要做企业团购，而零售基本不做了，他把主要精力开始转移到路政监控、远程办公系统管理等这些方面。虽然多项业务都在开展，但是要参与竞标，利润越来越低，结账也慢，常常拖延。尤其是最近三年，他自己说是举步维艰。

现在与元三见面，他常说自己就是个打工的，他儿子是老板，挣的钱都给他儿子了，他儿子只有缺钱的时候才给他发微信。他苦笑着说，打钱成了他与他儿子唯一交流方式了。

我说："到时你去国外与儿子生活。"

他说："还是中国好，发展潜力大，等元朝毕业之后回国工作，北京的房子留给他，而我自己到时回老家盖个大院子养老，在北京漂了这么多年，为了生活跑了这么多年，发现自己的理想与现实的距离越来越远，自己与儿子的心理距离也越来越远了，实在不想再四处奔波了。"

从大厂辞职的邱力

那天周五，正准备下班，收到邱力发来的短信："好久没见了，明天中午有空吗？一起吃个饭。"

我看着短信内容愣了半天，与邱力已经有四五年没有见面了，只是逢年过节发个信息，偶尔在朋友圈里面点赞。显然他这是真心邀约的。我为什么这样认为呢？大家应该都经历过与一些朋友见面或者通电话时总会客气地说"下次有空聚聚""哪天有空一起吃个饭"类似的话，而这个"下次"和"哪天"是未知的，也可能永远是"下次"或永远是"哪天"，这种话听听就行，别太当真，只是客套话，对方不一定真请吃饭。邱力给我的短信却不一样，交代了明确的时间，只要我回复一个"好"字，那么这个饭局就算是定了。

我没有立即回信息，而是在想，为什么突然约饭局呢？曾在网上看到一句忠告，多年不联系的人突然找到你，目的只有三个：找你办事，让你随礼，找你借钱。

他会有什么事需要我帮他办？或者难道他生二胎或者二婚，准备请客办酒席？还是这三年来经济压力太大，想找我借钱周转？

犹豫了片刻，决定还是应约吧，终究有二十多年的交情，如果有什么困难，能帮则帮，尽自己最大的能耐去帮。于是，我回了个信息："好，明天见。"很快，他就发来了一个饭店地址，并在后面附上"不见不散"。

看到他的短信，我的思绪不由得飞到二十多年前与他最初相识时发生的搞笑的事情。

那年我正在读大二，一天忽然收到一封邮件，内容意思是：我们是老乡，我在图书馆见过你，想约你一起吃饭，相互认识认识。

邮件没有落款人的姓名。稀里糊涂收到一封这样的信，觉得很奇怪，来信的电子邮件地址的开头是"qiuli"和几个阿拉伯数字。"qiuli"显然是姓名拼音，"邱丽"或"秋丽"或"丘丽"，也或者是这个"莉"？我在脑海里把熟悉人的名单想了好几遍，没有同音同名的人。难道自己走桃花运了，被某个别班的女生看上了？我淡然一笑，就把邮件删掉了。或许是发错了，也或许是恶作剧。

没想到，过了两天，我正在图书馆看书，一个中等个子的男生走过来，敲了一下桌子，就问我："我发的邮件，收到了吗？"

我满脸疑惑地看着他，心想这家伙是不是认错人了？

"我是邱力，前几天给你发了邮件，我们是老乡。"那人看到我一脸发懵的样子，也觉得自己比较唐突，就主动自我介绍。

哦。我想起来了。瞬间又有点小失望，原以为是个美女，没想到却是一个脸上还长着几颗青春痘的大老爷们儿。

"原来是你啊。你在邮件里面没有写名字，我还以为别人发错了，就没回复。"我边说边指了指旁边的空座，邀请他坐。

"到饭点了，要不一起去吃饭吧。边吃边聊。"邱力没有落座，而是指了指门外。

中午十二点了，已经有同学们背着书包陆陆续续地离开图书馆出去吃饭。我见状，也收拾书本，背上书包，与邱力一起出了图书馆。

"你名字是哪两个字？"走在路上，我好奇地问道。

"邱淑贞的邱，力量的力。"邱力爽朗地回答。邱淑贞是香港明星，被人们认为"性感到骨子里"，在周星驰的古装电影《鹿鼎记》里面饰演古灵刁钻的建宁公主，在李连杰主演的《倚天屠龙记之魔教教主》里面饰演小昭，在周润发、梁家辉主演的电影《赌神2》中饰演海棠，是很多男生的梦中情人。

"我还以为是全真教丘处机的丘呢。"我打趣道，不好意思说出曾猜测他是个女生，"你是哪个系？几几级？"

"我们同一届，我在计算机系，读的是软件工程。"他很自豪地说。当时世界首富是微软的比尔·盖茨，国内很多年轻人的理想就是在IT这个行业创业，然后到纳斯达克去敲钟，即使毕业去打工，找工作也很抢手。计算机在全国各高校都是最热门的专业之一，录取分数线也是水涨船高，所以计算机系的学生也都觉得自己比别人牛。

我又问他："你怎么知道我的电子邮箱？"

他说："我前几天到学生会办公室有事，正好看到他们在设计优秀学生风采的展板，我一眼就看到你照片，你常去图书馆看书，而且每次都固定坐那个位置，而我就常坐在你后面几排，所以对你有印象。我向他们一打听，就知道了你的情况，他们还把你的电子邮箱也告诉了我。"

原来如此。在北京读书能在学校里遇到老乡是件很开心的事情，之前认识一个老乡学长，现在又多了一个。

我俩边说边走进食堂，然后打了饭菜，找了桌位边吃边聊。我俩的老家是同一个市，但不是同一个县，他是理科生，我是文科生。他家姐弟两人，他姐姐毕业之后就在北京结婚，姐夫与人合伙开了一家公司。他爸妈现在也都在北京，给他姐姐家照顾小孩。

由于都是老乡，聊起来就显得格外亲切，吃完饭之后，我们又相互交换了QQ号码，然后各自回自己宿舍休息。

就这样，我与邱力成了好朋友，两人常在图书馆一起看书，然后一起去吃饭。有几次周末，他约我去他姐姐家玩，我觉得去陌生人家里不方便，也怕给人家添麻烦，就找借口婉拒了。

后来，有次他姐姐邱芳来学校给他送东西，他喊我过去一起吃饭。见到他姐姐时，我确实吃了一惊，他姐姐长得非常漂亮，与邱淑贞是两种不同的美，当时我的脑海里在想，原来姓邱的女人都是美女。邱力长相很普通，我甚至怀疑他俩不是亲姐弟。再后来，有次我见到了他姐夫，脑海里想到的第一句话就是：鲜花插在牛粪上。他姐夫比他姐姐大十来岁，挺着个大肚子，而且还秃顶。他姐夫与他姐姐站在一起，若说是父女，估计也有人会相信的。爱情就是这么奇妙，你认为不可能的事情，往往就成了可能。

到了大三的下学期，我与邱力的往来就相对少了，因为他谈了个女朋友，即使来图书馆看书，他也带着女朋友过来。他几次喊我一起吃饭，我都找借口离开了。他与女朋友卿卿我我，我可不想做"电灯泡"。

邱力后来告诉我，他女朋友是大一学生，叫吴倩，比我们低两届，他是在开学迎新活动中认识的，他是接新生志愿者，帮吴倩拿行李，一眼就看中她，然后就开始追求。吴倩一直不怎么搭理他，直到第二学期时才与他正式交往。

吴倩答应做他女朋友，邱力如获至宝，每天早上就到女生宿舍楼下接吴倩，一起去吃早餐，然后送吴倩去教室，再跑回自己上课的教室；中午又去接吴倩一起吃饭，送回宿舍，他再返回自己宿舍午休；吴倩下午如果有课，邱力又跑去女生宿舍去接；晚上一起吃饭，一起去图书馆或者教室看书。反正，邱力就是一名随叫随到的护花使者，他这种行为，其实在大学校园里面也是见怪不怪，因为有不少情侣都是这样的，形影不离，难舍难分，晚上各自回宿舍都依依不舍，跟生离死别一样。

遇见了爱情，邱力是幸福的，也是不幸的，我好几次见到他与吴倩争吵，吴倩甩手离开，邱力跑上去苦苦哀求，甚至我还见到邱力独自坐在花坛边伤心流泪。校园里这种分分合合时常发生，相爱时似漆如胶、誓同生死，分手时悲痛欲绝、恩断义绝。我是一个旁观者，对这种情侣的争吵，习以为常。每个人都有自己的爱情观，每个人都有自己表达爱的方式，我作为一个毫无经验的学生，是没法劝慰邱力应该如何去做。

有一次我见邱力与吴倩两人吵架之后，他一个人坐在学校湖边悲伤，我担心他要跳湖，就走过去坐在他身旁，看着湖面上的鸳鸯，说了一句："我认为爱情应该是甜蜜的，如果两人在一起泪水多过微笑，那为什么一定要坚持呢？"

我向来秉承一个原则：劝和不劝分。其他同学情侣吵架，我也是劝男生想想自己是不是做得不够优秀，相遇就是缘分，应该好好珍惜。但是，这次我却向邱力说了这样的一句话，因为他与吴倩谈恋爱这一年来，吵吵闹闹太多次了，这不是爱情应有的样子。

过了好一会儿，邱力回了一句："我太爱她了，这一辈子都离不开她。"

我叹了口气，没有说话，就这样陪他一直坐到天黑，才拽着他一起去食堂吃饭。

时光荏苒，转眼就要毕业了。在毕业前，通过校园招聘会，邱力进入了一家知名的软件开发公司，而我也顺利被一家行业内很有影响力的单位录用。

那天我正去图书馆还书，遇到邱力，他问我："找到房子了吗？准备住哪里？"

毕业临近，同学们各奔东西，要么出国，要么读研，要么工作，留在北京的都开始在外面找房子了，当然也有一部分人进的单位比较好，能在单位分到宿舍。

"五道口旁边有几栋公寓，是那种小单间的，我去看了，环境不错，准备搬到那里住。我班好几个同学也都住那边。"我说完就问他，"你住你姐姐家吗？"

他摇了摇头，说道："我姐家离我上班的地方太远，坐公交车要一个多小时，我住那里也不自由。"

我一听就秒懂他的意思，就建议他："那你也住五道口这边公寓，离地铁站走路不到十分钟，出行很方便，租金也不贵，那种房子就是面对我们这种毕业生的。"

"行，那我等会儿骑车过去看看。"

随后我把公寓具体地址告诉他。

毕业之后，我和邱力分别搬进了租住的公寓，我住六楼，他住三楼。大约是住了一个月时间，我对门房间的同学由于上班地方太远就退租了，邱力申请调换房间，就搬到了我房间对面。这公寓其实与学生宿舍没有多大区别，中间一条长长的走廊，两边都是房间，只是房间里面可以根据租房者的情况，住一个人或几人。

吴倩暑假没有回老家，而是住在邱力这边。开学之后，吴倩搬回学校，但是经常过来找邱力。吴倩并不是那种非常漂亮的女生，但是她比较高挑，身材不错，走路有一种气质，像模特，穿着也很讲究。邱力长相普通，身高还没吴倩高，穿着也很随意，像部分IT人士那样不注重着装打扮。邱力在吴倩面前，说实话，还真的不般配。我想这也是为什么每次吵架，都是吴倩大声呵斥，而邱力卑微得只能低头认错的原因吧。

邱力工资也不低，为什么就不给自己买件像样的衣服呢？直到有天，我下班回来，在楼下碰到刚下班的邱力，然后一起坐电梯上楼。我约他周末一起去动物园服装批发市场买羽绒服，结果他居然告诉我他的工资卡在吴倩手里，他没有钱买衣服。听到这里我直接被震惊了。

"不会连买件衣服都这么小气吧。你身上这衣服应该穿了三年了吧。我认识你的时候，你穿的就是这件衣服。"我指着他身上那件薄款黑色羽绒服说。

"这是我大一时买的。"邱力有些尴尬地笑了笑，然后向我解释，"吴倩的学费、生活费、买衣服和零花钱，都是我负责。她妹妹刚上大学，也是我每个月负责生活费。我现在是能省则省。"

我差点当场"石化"，还有这样的操作？出了电梯，他跟着进了我的房间，把吴倩的一些事情告诉了我。

吴倩老家是农村的，父母经济收入有限，她来读大学时，学费还是从亲戚家借的，生活费靠兼职做家教。邱力与吴倩谈恋爱时，他担心吴倩兼职会耽误学习，就主动负责她的生活费。邱力姐姐平时给他的生活费比较高，他节省些就够两人用了。吴倩的大二和大三的学费，都是邱力以报培训班等各种理由从他姐姐手里拿的。他姐姐经济条件比较好，邱力平时为人老实，他说拿钱，他姐姐也就没有怀疑。现在他上班了，不能再向他姐姐开口要钱，所以就得自己省着花。这也是他为什么好长时间连衣服都舍不得买的原因，他得省着钱给吴倩用。

我听到这里，恍然大悟，回想一下，发现吴倩从认识邱力开始，穿着越来越好，尤其是邱力上班之后，她已经开始买名牌衣服了。

我隐隐约约觉得他像一个"冤大头"，但又不知道应该怎样劝他，就问了他："你们两个谈恋爱的事情，你爸妈知道吗？"

"我带她去过我姐姐家，她还帮我姐姐下厨，饭菜做得好，我爸妈很喜欢她。"邱力说到这里时，又有点小失望地说，"但是我姐姐不是很支持，她说我压不住吴倩。"

听到这里，我不由得佩服他姐姐眼光独到，吴倩现在吃喝都是花他的钱，他都压不住，要是以后吴倩上班挣钱了，他邱力更没有出头之日。

看在好朋友的份儿上，我不想看到邱力刚踏进社会就背负着这么大的压力，决定"补刀"，就说："你姐姐说得没错。你们两个的爱情不平等，你付出太多。你现在压不住她，以后更加压不住她。"

邱力没想到我会说这番话，愣了一下，看着我，将信将疑地问道："你也这样认为？"

我见他满脸惊恐的表情，猜着刚才的话刺激到他了，便问他："你与她在一起，觉得幸福吗？"

他看着我，过了好一阵子，点了点头，吐出两个字："幸福！"

他内心在纠结，但不甘心、不舍得和对未来的幻想占据了主导。我还能说什么呢？

如果爱付错了对象，再火热的心，也会渐渐冷却；再执着的人，也会慢慢退缩。邱力与吴倩的爱情就是这样的，一个是一味的付出，一个是一味的索取。付出的一方是那么卑微，索取的一方又是那么的理直气壮。一直到吴倩毕业时，两人的感情终于走到了十字路口。

吴倩没有进入保研名单，也没有考上研，毕业之后，她搬到邱力这边，放弃找工作，选择复习，为下一年考研做准备。邱力与她第一次产生了矛盾。邱力认为可以边工作边考研，他还要攒钱买房子，现在经济压力很大，而吴倩认为读研对她来说才是最重要的事情。

因为此事，邱力的姐姐邱芳来到公寓这边，作为一名过来人，尤其是跟着丈夫在社会上闯荡多年的女性，她能猜到吴倩的想法。她直截了当地对吴倩说："如果想继续读研，不是不可以，我们全家都大力支持，但是前提条件就是必须先与邱力结婚，先结婚再考研，否则邱力不可能继续掏钱供你。"

吴倩说："我刚毕业，年龄还小，为什么要这么早结婚？何况现在结婚在北京也没有房子，邱力可以边工作边供我读研，到时我研究生毕业，邱力挣的钱也够买房交首付了，那个时候再结婚也不迟。就算那个时候他的钱还不够，我研究生毕业收入肯定会高一些，到时两人一起攒钱，也很快就能买房结婚。"

邱芳听了吴倩的解释，当场来了一句灵魂式拷问："你研究生毕业之后，如果不同意与邱力结婚，怎么办？"

吴倩像被人看透了心思一样，当即很不客气地回了一句："我与邱力的感情，你想挑拨也没用。"

邱力与吴倩这么几年的感情，磕磕碰碰，邱芳心里早就明明白白，她反问了一句："你们三天两天就吵架，这样的感情还需要我挑拨吗？你真的爱他吗？你拿着他的工资卡给自己买名牌衣服、买高档化妆品，而邱力买件便宜的衣服，你却说他乱花钱。"

邱芳说到这里，指着吴倩身上的衣服和鞋子说："你这衣服至少两千多吧，你这鞋子也至少一千多吧。你再看看邱力身上的衣服，有超过一百块的吗？"

邱力站在旁边，尴尬地上下打量着自己的衣服，一时不知道自己要不要开口说句话。

谁也没有想到，本来略有尴尬的吴倩居然理直气壮地指着邱力身上的衣服说："这衣服是他生日时，我送给他的，一百八十元买的。"

那天正好是周末，邱芳来时正巧在门口遇到我，她走进邱力房间时回头对我说进来坐坐，一起聊聊天。当时我也没想那么多，见过很多次面，我每次也客气地喊她"姐"，也就跟着进去了，谁知道没坐几分钟，他们就讨论起这事了。后来，过了很长一段时间，我才明白，邱芳让我进去看他们谈判，其实就是让一个第三方在旁做个见证，证明这事谁对谁错。

坐在旁边默不作声的我听到吴倩说的话，差点没笑了出来。

果然，邱芳听到吴倩的话，当场冷笑着说："好贵啊，也是拿邱力的工资买的吧？！"

吴倩这时瞬间反应过来，气氛有些尴尬，她没有收入，所有的开销都是邱力的，时间长了，就把邱力的钱当作自己的钱了。

她迟疑了一下，有些底气不足地说："是他自己说不要买贵的，男生不需要打扮。"

邱芳冷笑说："钱都被你花了，他哪能买贵的？我今天来就两个意思：一是工资卡还给邱力，该花的钱花，不该花的不要乱花，现在每个月都把钱花得干干净净，他上班已经两年了，至今还没有存下一分钱，照这样下去，一辈子都买不起房子；二是先结婚再供你读研。"

吴倩见邱芳来者不善，工资卡到手了，哪有再交出来的道理，她说出了一句自以为能让邱芳知难而退的话："结婚可以，那也得买房吧，不可能就在这小公寓里面结婚吧？"

姜还是老的辣，邱芳很豪气地说："只要你们愿意结婚，我可以出资给我弟弟交首付，当然这是我给的钱，房本上面只写他的名字。"

"婚前买还是婚后买？"吴倩精明地问道。

"当然是婚前买，只要你同意结婚，马上就可以买，然后领证。"邱芳毫不犹豫地说。

我坐在旁边都感觉到这像是商业谈判。

吴倩显然玩不过邱芳，只得说道："那我要与家里爸妈商量一下，婚姻不是儿戏。"

邱芳点了点头，说道："这肯定要得到爸妈同意才行。你爸妈同意了，就让邱力亲自去一趟你老家，当面向你爸妈提亲。"

吴倩见状就站起来说道："姐姐，我问了爸妈之后，我告诉你。没别的事情的话，我就看书去了。"毕业之后，她仍然每天坐公交车回到学校的图书馆看书。即使是暑假，图书馆还是对外开放的。

邱芳见吴倩找借口离开，也站起来提醒道："吴倩，我刚才还说了工资卡的事情。你没有上班，正当开支，你问邱力要就行，我不会反对。他这么大的人了，也需要慢慢存些钱了。"

吴倩抓起书包，她看着邱力，希望邱力能帮她说句话，但是邱力低着脑袋，他那颗火热的心已经慢慢冷却了。

"你不用看他！"邱芳看透了吴倩的心思。

无路可退了，吴倩打开书包从里面掏出钱包，取出一张银行卡，"啪"地摔在桌子上，然后头也不回地夺门而出。

邱芳拿起银行卡递到邱力面前，生气地说："你看看，她就是这样的态度。她与你在一起，要的就是这个卡，等她研究生毕业，就会一脚把你踹掉。"

邱力接过银行卡，放进兜里，小心翼翼地说："姐，我们做得是不是太过了？她生气了。"

邱芳听到这话，盯着邱力，哭笑不得地问道："你认为她会与你结婚？她要是真的爱你，这三四年来就不会耍小姐脾气，动不动跟你生气了。处处让你听她的，稍有不从就又哭又闹，她这是在折磨你。她要是真想与你在一起，就不会把你的钱花得干干净净，你要供她花销，要供她妹妹上学，还要每个月给她父母打生活费。她父母已经老到不能动了？等到结婚了，是不是还得把她父母都接来养老？"

吴倩的爸妈才五十岁，身体都很健朗。有次一起吃饭时，吴倩提到过。

如今回想起吴倩对邱力的种种行为，应该就是网上所说的PUA。

看到邱力那表情，他是陷入这场游戏不能自拔，想退出，既舍不得，又没有勇气。

邱芳显然不是来逼婚的，她是逼吴倩离开邱力。她是想让邱力看清楚吴倩，然后能果断结束这段感情。说实话，我在内心里也是希望邱力与吴倩分手，邱力在这个爱情游戏里活得太卑微。

那天晚上，我隔着门都能听到吴倩在又哭又闹，说邱力姐弟联合起来欺负她，她不想活了。而邱力一句话都没说。

过了一周，邱芳又来了，还有邱力的妈妈，这次我没有去做他们谈判的见证者。但是，在他们谈完之后，邱力的妈妈敲门进了我的房间。

"你说我家邱力怎么这么傻？这女的明显就是在骗他，他还处处维护这女的。"邱力妈妈站在我房间抱怨。我与她见过好几次面，喊她"阿姨"，她每次见面都邀请我去邱力姐姐家吃饭。她估计是气得难受，在我房间来回踱步，不愿意入座。

这是他们的家事，我作为一名外人确实不好干涉，所以一时不知道说什么好。

邱力妈妈抱怨道："他姐姐帮他把工资卡拿回来了，他又交给这女的。这女的说必须读完研究生才能结婚，现在不能结婚。而邱力居然同意了。你说气不气人。他不就是在当人家的长期'饭票'吗？"

这时，我注意到一个词"这女的"，她没有直接说名字，看来她已经气得连吴倩的名字都不愿意说了。她老人家是恨铁不成钢，也是恨吴倩怎么这么有手段把她儿子迷得七荤八素的。

"你帮我劝劝邱力，你俩是好朋友，不要让他犯糊涂。我之前觉得这女的也挺好的，但是接触这么长时间，我看清楚了，我家邱力没她有心眼。"邱力妈妈恳求道。

我只好点了点头，说道："阿姨，您消消气，我会跟邱力好好说说的。"

她离开时还不停地说"谢谢"，再次邀请我去邱力姐姐家玩，说她到时做几道家乡菜请我吃。

不知道吴倩是与邱力如何谈的，反正邱力同意吴倩先读研再结婚。这真的让我很意外。邱力既然如此有勇气敢拒绝妈妈和姐姐的要求，难道这就是爱情的力量？

那天邱力姐姐和他妈妈是带着失望离开的。吴倩却是一副胜利者的姿态敲开了我的门，满脸春风地说她与邱力邀请我一起吃饭。

算了吧，这种饭局我可吃不下，就说已经约了女朋友，等会去她那边吃饭。

日子在朝九晚五的脚步匆匆走过，邱力与吴倩的感情不再有吵闹，反而常常听到两人的欢声笑语。就在我为邱力庆幸之时，那天夜晚他突然敲开了我的门。

我正在《征途》里面忙得不可开交，这是一款新游戏，上线不到半年，在线人数就超过了当时最火爆的《传奇》。

"出去喝酒！"邱力的眼睛红红的。这是我开门时，他说的第一句话。

"都这么晚了，明天还要上班呢。"这时才晚上九点，我一般都是熬夜到十二点才睡，不想出去的真实原因是想玩游戏。

他看着我，含着泪水说："我要与吴倩分手。"

我一看这架势，事情不简单，就去关了电脑，与他一起下楼。路过好几家餐厅，邱力都不进去，说到前面去，一直步行到五百米外的路口一家小店，他才停了下来。吃夜宵的人不多，我们在路边找了个桌子坐下，然后他要了一瓶牛栏山二锅头、一碟花生米、三样凉菜和一些羊肉串。我和他都不喜欢喝啤酒。

我看他状态不佳，一直没有问他为什么突然想起分手了。酒上来之后，他自己倒了满满一杯，自顾自地一饮而尽，然后没等我问，就主动告诉我原因。

昨天，也就是我们喝酒的前一天，吴倩的电脑开不了机，就让邱力看看，邱力拆开机箱检查，怀疑是主板坏了。

正在这时，吴倩手机响了，她看了一眼，就走进卫生间接电话。平时她有躲在卫生间打电话的习惯，邱力问她打个电话怎么还躲卫生间，有什么保密的事情，吴倩说女生之间的悄悄话，不方便让男生知道。这次，邱力也习以为常没有去关心吴倩接电话的事情，而是把CPU、内存条、硬盘和主板都拆了出来一一查看。吴倩接电话不到一分钟就走了出来，问电脑怎么样，邱力说应该是主板坏了，修不了，周末拿到中关村去换块新主板。吴倩听说电脑坏了，就说她有事要出去一下，晚点回来。说完她就拎着包出去了。

邱力把各种电脑配件重新装上，然后试着按了一下开机键，没想到电脑居然开机了。但是电脑有密码，他进不去。这电脑是邱力上班第一年给她买的，吴倩设置了密码，他从来没有打开这电脑看过。邱力试着敲入几个数字，没有打开，但是真要打开电脑，对于一个计算机专业人士来说太简单了，于是，他就抱着好奇的心用非常规手段打开了电脑。没想到吴倩的QQ设置的是自动登录，电脑打开刚连上网，QQ就自动登录了。邱力怕被QQ上的人发现，赶紧改为隐身，为了防止吴倩突然回来，他还把门从里面反锁。然后，他就抱着猎奇的心态翻看QQ聊天记录。这一看不要紧，原来吴倩在QQ里面与好几个男生卿卿我我，还有多次约会。他再看吴倩与她妹妹的QQ聊天，才知道自己在吴倩眼里就是个愿意给她花钱的大笨蛋。吴倩跟她妹妹说，要不是当时看到他姐姐开车来学校像是有钱人，她根本就不会跟他谈恋爱，这几年跟他相处，就是觉得这人听话、好骗；她说为了让邱力掏钱供她读研，现在是卧薪尝胆，忍气吞声；吴倩还说自己是骑着驴子找马，只要遇到更好的，立即跟他分手，已经受够了他和他的家人，就算没有找到更好的，等研究生毕业自己工作挣钱了也要与他分手，邱力一副傻样子根本就配不上她。

"我是不是真的很傻？"邱力说到这里，又给自己倒了一杯酒，一口喝下。

我知道他酒量，这点酒还醉不倒他，也就没有劝阻。我给自己倒上一杯，也一口喝下，盯着他说道："在感情上，确实很傻。学习和工作上，你很聪明。"

邱力冷笑了一下，眼泪流出来，强抑着伤痛说道："我一开始觉得自己确实配不上她，但是我想，爱情嘛，只要自己用力去爱，百分之百对她好，一定会感动她的，很多电视里面不都是这样演的吗？再冷的石头也能捂热，再冷的冰山也会融化，我认为放弃了自己就能得到她的爱，没想到在她眼里竟然是个大笨蛋。想起以前对她的种种好，我觉得自己真的是大傻帽；想起她目的性极强地对我偶尔嘘寒问暖，我觉得是个笑话了。"

"你跟她说分手了吗？"我问道。

"还没有，她昨晚出去到现在还没有回来。"邱力说道，"我今天故意发短信问她，她说去一个女同学那里，要今天很晚才回来。"

"其实她是去约会？"我试着问道。

"肯定的。昨天QQ上有个男的给她留言，说带她去泡温泉。她让那人开车在这个路口接她。如果她今晚回来的话，肯定也会在这里下车。"邱力指了指路口，冷笑着说，"她不让人家开车到公寓楼下，就是怕被熟人看见。估计也不想让人家知道她具体住在哪里。"

我点了点头，认可了邱力的话。

"昨晚我把她QQ全部翻了一遍，今天上午去上班时，我就到银行把那张工资卡挂失了，又重新办了一张，到公司财务那里申请换卡。我也懒得问她要那张卡了。"邱力冷笑着说道。

我瞬间感觉到这家伙的脑瓜子一下子开窍了。看来，他昨晚是受了非常强烈的刺激，这种刺激让他瞬间看清了吴倩，也瞬间让自己的那颗爱着她的心死了。他现在的这种悲伤，不是为失去吴倩而悲伤，而是为自己以前傻乎乎的付出而悲伤。

我俩坐在那里边喝边聊，一直到了十一点，夜宵店准备打烊了，我喝得也有些晕晕的，想拽着邱力回去，毕竟明天还要上班呢。但是邱力拉着我说再等等，再等等，他要亲眼看看她到底是怎样回来的。邱力也喝得有点多了，我不放心他一个人在这里等，只好陪着。大约又过了半个小时，一辆黑色的小汽车从远处驶来停在路边，在微弱的路灯下，我一眼看出从车上下来的吴倩。看到这里，我和邱力两人不约而同地一拍桌子哈哈大笑起来，笑得我的眼泪也流了出来，为我好朋友邱力逝去的爱情流泪。吴倩被笑声惊讶了，她看清是我和邱力，忙跑过来拉着邱力解释。而我进店买完单，独自向公寓走去。

邱力与吴倩分手了，但是分得不利索。吴倩大吵大闹说邱力误会她，邱力不想看她演戏，就直截了当告诉她已经看了她的QQ聊天记录。吴倩恼羞成怒动手就要打邱力，以前她动手扇邱力耳光时，邱力一动都不敢动，但是那次不一样了，她手刚伸出就被邱力一把抓住，然后狠狠推开。吴倩没有地方住，她赖在房间不肯搬走。邱力到我房间蹭住了两个晚上，然后就搬到别的地方去住了，他搬走时只带上电脑和一个行李箱，其余的东西都没有要，其实他也没什么东西，那房子里大部分都是吴倩的衣服鞋子和书。

公寓的租期是按年付的，还有七八个月的租约，按道理是可以提前退租的，只是扣除一个月的押金而已。邱力离开时，没有退租，而是让吴倩继续住着。他后来对我说看在相处三年多的份上，也算是做到仁至义尽了。我开玩笑说人家说不定要住大老板豪宅呢。他笑着说要真有豪宅住，早就走了，她自己也知道与那些人是在博弈，有钱人不是傻子。

我突然觉得邱力在感情上不是真傻，而是为了维持来之不易的感情在装傻。

大约在两个月之后，吴倩谈了一个新男朋友，那男的与我同一个系而且同一届，我们认识但不是很熟悉，喜欢吹牛，走到哪里都要彰显自己很优秀，他每周末过来这边，我们也偶尔聊几句，仅限于打个招呼，问问对方工作情况。

公寓这边租约到期，吴倩就搬走了，她没有考进大学母校的研究生，通过调剂她去了另外一所高校，也是在北京。

又过了一个月，我与女朋友合买的婚房已经完成了装修，可以入住了，我也搬离了五道口公寓，并计划年底举行婚礼。

邱力在次年结婚了，他妻子与他同一个县。他妈妈在小区里跳广场舞时认识了一个老乡，那老乡在北京带孙子，老乡见老乡虽然不再两眼泪汪汪，但是很快就成了好姐妹，无话不谈，老乡有个侄女大学毕业也留在北京工作，于是就把她介绍给邱力。邱力与那女的一见面，很投缘，他妈妈见了也很喜欢。他俩谈了半年就结婚了。

现在网上经常介绍某些地方公园给子女相亲非常火爆，其实跳广场舞给子女相亲也是一种很好的途径，大家平时在一起锻炼，时间长了，相对来说也算知根知底，相亲更容易成功。

北京很大，我和邱力住的地方相隔又很远，结婚生子，忙着带娃，加上工作繁忙，两人见面的次数逐渐少了，偶尔只是QQ上聊一聊，小孩大了一点能走路了，约过几次到奥林匹克森林公园玩，还有次春节我们都在北京过年，还相约逛了地坛庙会。再后来，小孩上小学了，周末都是各种培训班，英语、奥数、篮球、游泳、钢琴、舞蹈等，忙得不亦乐乎，就更没有时间见面了，微信兴起之后，慢慢就变成了朋友圈的点赞而已。

第二天，我按照邱力提供的地址走进那家饭店，他早已经在那里等着我了。

"好久不见！""好久不见！"

两人激动地拥抱了一下。

落座之后，我把带来的两瓶辣酱递给他："这是我妈妈做的辣酱，味道不错，带给你尝尝。"

邱力双手接过，笑着说："看来我们是心有灵犀啊。"说完，他从旁边椅子上也拿出来一个手提袋，递给我："这也是我妈妈做的辣酱，说一定要送给你尝尝。"

我接过手提袋也笑了起来："真的是心有灵犀啊！那我就不客气了，谢谢阿姨。"

邱力笑着说："我也不客气了。谢谢阿姨。"

说完，我俩又同时笑了起来。

笑过之后，我端详起邱力，打趣道："好几年没见，你可发福了啊。"

邱力低头看看自己的大肚子，笑着说："可不是嘛。我一直想锻炼，一直没行动。你也胖了不少。"

我感慨道："是啊，已是中年油腻大叔了，是得锻炼减减肥了。"

这时服务员走了过来问是否可以上菜。原来在我来之前，他就已经点好了菜，我俩喜欢吃什么，相互都是很了解的。

他说上菜吧。服务员离开之后，我问他："你姐夫身体现在应该都恢复好了吧？"

他摇了摇头说："跟以前一样，肢体无力，健忘，平时很少外出，只是在小区里散散步。心态比最初时好很多了，坦然面对。"说到这里，他笑着说，"不过，他现在瘦了很多，比以前好看了。"

"瘦下来健康。看照片，你姐夫之前很帅的，只是结婚之后就发福了。"我说道。

"现在我们也发福了，跟以前读大学时完全变样了。前段时间有个大学同学来北京出差，我与他十多年没见，那天见面时都不认识了。"邱力说。

最初我见他姐夫时，他姐夫挺着个大肚子，又秃顶，我纳闷他那么漂亮的姐姐怎么就看上这人呢。后来邱力告诉我，他姐夫年轻时很帅，结婚之后就发福了，家里又有遗传基因，到了三十来岁就秃顶，所以看起来就显得很老。当时我还以为邱力是瞎扯，结果他直接拿出他姐夫和姐姐的结婚照给我看，还真是郎才女貌。现在回想起来，觉得自己也挺搞笑的，现如今自己结婚之后也发福了，周围很多同学朋友也都这样，女的变化相对小，就男的变化最大，大家聊天时也在纳闷，每餐吃得没比年轻时多，怎么就横着长了呢，四十岁与二十岁比，完全就是两个人。岁月是把杀猪刀，专"杀"男人。

我笑着指着窗外的行人，感慨道："说不定这行人中就有我们当年的同学，只是很久没有联系，岁月也没有留住我们昔日的模样，即使相遇，也像陌生人一样擦肩而过。"

"是啊。岁月就是一条奔流的河，当年大学时很多好哥们，甚至一起喝酒说做一辈子兄弟的，现如今联系的也不多了。大家都在为生活奔波着。"邱力恍惚间仿佛看到了昔日校园与同学们一起欢乐的场景。

人到中年，每当回忆少年时光时，生怕触动那根感性的神经，忙碌的生活，让我们没有过多的时间去追忆那段无忧无虑的岁月，往往都是匆匆打开，又匆匆关闭，扛着家庭这个背囊匆匆赶路。

我不想再触动那根神经，就把话题又回到他姐姐身上，问道："你姐生意还可以吧？她不容易啊。"

"是的。不过这几年也算是熬过来了，她开的网店现在生意不错，欠的债都已经还清了。在淘宝、拼多多和抖音上，都开了店。她还经常直播卖货。"邱力说道。

"那就太好了，无债一身轻。你姐姐是女强人，当年帮你姐夫做公司，现在自己独当一面，也做得这么好，了不起。"我赞许道。

邱力的姐夫与他姐姐邱芳是大学同学，两人毕业之后就一起创业，公司做得风生水起，后来为了更好地照顾孩子，邱芳就回归家庭做家庭主妇。他姐夫却在生意场上遇人不淑，被平时几个称兄道弟的商业伙伴骗去投资新项目，结果亏得一塌糊涂；他姐夫为了翻身，抵押房产，自己又做了个新项目，结果市场判断失误，产品卖不出去，背上了一大笔债。他姐夫连受打击，但还是苦苦撑着。2015年左右，他姐夫在与客户吃饭时，酒喝多了，刚到家就不舒服，立即送到医院，一检查原来是脑梗，医生说幸好送得及时，要是晚些送来可能就保不住命了。经过医生抢救，人是救住了，但是产生了一系列后遗症。接二连三的打击，并没有把他姐姐邱芳打倒，她关闭已经没有资金维持下去的公司，在邱力的支持下，自己开了一家淘宝店经营童装，让邱力的女儿做服装模特，由于她选品眼光很好，淘宝店的生意很快就火了起来。四年前与邱力见面时，他就说他姐姐每个月挣的钱不比他少了。

"不过她现在也有压力，两个女儿都在上大学，她还要挣钱准备嫁妆啊。"邱力说这话时，没有一丝生活的压力，反而是一种喜悦，一种苦尽甘来的喜悦。

"有压力更有动力！"我笑着说，"你最近工作如何？"

"去年辞了。现在与我姐一起做网店，我在网络技术方面相对比她要懂些，我负责推广、运维，她负责选品、直播。"邱力一副很自豪的样子。

"这样更好，姐弟联手，其利断金。"我没想到他居然把世界500强企业的IT工作给辞掉了，这证明网店的生意很不错。

这时服务员已经在陆续上菜，邱力接着说："我在那公司待了十多年，虽然也是中层管理，但是再往上升的机会很小。去年正好公司要裁员，我资历深肯定不会被裁，可是我想换个环境，正好我姐想打开抖音这块市场，又缺人手，我就找领导沟通，把我也列入了被裁名单。"

我听到这，笑着说："之前有人说你是大笨蛋，你这不是挺聪明的嘛。被裁能拿到很高的补偿金，辞职可是没有的哦。"

他不好意思地笑着说："我就是冲着补偿金去的。"说到这里，他环顾了一下四周，把脑袋往我这边伸过来，非常小声地说："我约你见面，就是说个事，吴倩走了！"

吴倩是他的前女友，之前就说他大笨蛋。我听了一时没明白什么意思，反问道："走了？"

他看着我点了点头，用食指指了指地。

我瞬间反应过来，忙问道："啥时候的事情？"

"去年冬天走的，她生病刚康复就去洗澡，然后感觉不舒服，打电话叫120，送到医院还没来得及抢救，就没了。"邱力的声音带着惋惜。终究这个人曾经与他相处了三年多时光。

"你是怎么知道的？"我感到很意外，吴倩应该还不到四十岁呢。

"昨天下午我遇到吴倩在大学时的室友，大学时我们在一起吃过几次饭，她俩一直有联系，才知道这个事情。我当时不敢相信是真的，她还把微信朋友圈翻出来给我看，里面有她当时转发的讣告。"

"她还很年轻呢，可惜啊。"虽然吴倩这个人的行为令我鄙视，但是生命无常，年纪轻轻就离世，确实令人惋惜。

吴倩研究生毕业之后，进了一家比较好的单位，与我那个同系同学分手。同系同学非常气愤，吴倩读研三年所有的开销都是他负责的，三年来把他的钱花得精光，他去找吴倩新男朋友算账，用砖头砸了人家的车，还把人家摁在地上暴揍了一顿，满头是血。吴倩新男朋友是一家大型企业的高管，属于成功人士，比吴倩大十几岁，当时处于已婚状态。同系同学在打人时被巡逻的警察看到，以寻衅滋事罪判了六个月，并且还赔偿了医药费。因为这事，吴倩新男朋友的妻子知道这事，跑到吴倩单位，当着众人的面，把吴倩摁在地上打了一顿，听说头发也被薅掉了好几撮。过了没几个月，吴倩成功转正，与这个新男朋友正式结了婚。

"如果她还在的话，下个月就是她三十九岁生日。"邱力恨过她，终究也深爱过她，虽然他俩已经十多年没有往来，但得知对方消息时，埋藏在内心深处的那段感情不由得涌现出来。

"她结婚之后，过得怎么样？"我想邱力肯定也会从吴倩的室友那里打听这些情况。

"不怎么样。"邱力有些伤感地说，"她结婚之后，大概五六年吧，一直没有生育，检查之后是她身体的原因；又过了两三年，体检时发现得了乳腺癌，后来动了手术；然后，她老公就想与她离婚，在财产分割上没有谈好，她就直接把她老公举报了。她老公涉嫌为客户私下输送利益，拿了客户高额好处，结果她老公被抓。后面几年，她一个人生活，直到去年生病离世。"

我终于明白邱力为什么昨天下午突然约我了，他得知这消息时肯定是悲伤的，想找个人倾诉，疏缓心情，而我就是最合适的那个。

由于开车，我们都没有喝酒。我伸手端起茶壶，给他的杯子续上茶，又给自己续上，然后端起茶杯，强作欢笑地说道："逝者已矣，生者如斯，愿天上人间，共安好！"

邱力也端起茶杯，一饮而尽。

我们聊了很久，分别时约定暑假带孩子们一起去草原玩。

在回家的路上，看着副驾座椅上的辣椒酱，我自嘲地笑了，昨天接到邱力短信时，还担心人家找自己有啥事。没想到，在社会上打拼久了，为人处世都变得如此谨慎了，岁月让我们增长了阅历，也让我们失去了纯真。留在北京工作的那些同学，大家已经很久没有见面，是应该聚聚了。时间和空间的距离让我们生疏，但我相信曾经的同窗情谊能够跨越这一切，重新拉近彼此的距离。

活成自己喜欢的子禾

子禾是一名大龄未婚女青年，三十五岁的年龄却活出了仿佛七八十岁老人的通透，她做过电视台制片人、主持人、茶艺师、服装设计师、培训师、乡村支教老师和社区志愿者等多种工作，经历很丰富，她不是为了工作而工作，而是为了爱好去工作，想做就做，不想做就是九头牛也别想拉动。她常说的一句话是："别为难自己。"

我是在一个客户的办公室认识子禾的，客户说他与子禾已经谈完事，让她等着你过来，相互认识认识，以后多个朋友。

我见子禾的第一眼，就被她的美艳惊讶，长相清秀，精致的五官散发出纯天然的自然美，瀑布般的长发，一件修身的紧身衣，凸显出她婀娜多姿的曲线和迷人的韵味。

我俩交换了名片，我看她上面写的名字是"子禾"，百家姓里有子姓，但是我从没有遇到过，就说道："这名字好听，我还是第一次遇到姓子的。"

客户和子禾听了都同时笑了起来，子禾说："这是我的艺名，我姓季，一年四季的季。"

原来她把"季"字拆开，就跟武侠小说宗师金庸的本名叫查良镛、诺贝尔文学奖获得者莫言的本名叫管谟业一样，取其中一字拆分。

我们大约聊了十几分钟，她还有别的事情，就先离开了。客户告诉我，他是在一个招商活动上认识子禾的，有三四个月时间了，其间子禾一直邀请他参加电视台一个企业家访谈，当然这需要支付一笔不小的费用，他在考虑值不值得参加。

节目访谈这种情况，我是了解的。电视台为了市场发展，曾把一些栏目外包出去，或者是把一些时段包出去，寻找专业的公司来经营。承包方利用这些栏目或者时段开展业务，制作节目和拉赞助，向电视台支付一部分管理费或按照约定比例分配收益。电视台通过这种方式，既分解压力，又节约成本，还可以最大限度调动社会资源，更广泛挖掘节目素材。在北京有很多这样的公司，他们有些一家公司运营多个栏目，策划的节目也都深受观众喜爱。终究收视率低的节目，是很难拉到赞助的。所以如何把节目做好，如何找来赞助方，是这类公司发展的两条腿，缺一不可。

名片上写的是制片人，实际上懂行的都知道，主要工作就是找钱，要么找人投资，要么找人赞助。子禾这种就属于找人赞助，一是找人赞助这个栏目，可以栏目冠名或栏目内植入广告或挂一个鸣谢单位等；二是找人参加企业家访谈，成为访谈对象，参加者就需要支付费用。当然，栏目会根据自身的定位，对参加访谈的对象会有一个标准，不是给钱就随便上的。

　　相隔大约一个月时间，有个朋友来我公司玩，提到他们公司完成了新一轮融资，正计划给公司和创始人做一系列品牌推广活动，提升公司和创始人的品牌价值。按照朋友说的意思是做好了预算，这些钱不花也得花。我突然想起子禾，就翻出她的名片给朋友，朋友说正想找个这样的栏目做期访谈，并让我给子禾打个电话。

　　这是我们商业的规矩，自己不能跳过中间人直接去联系，这也是对中间人的尊重，中间人牵上线之后，双方如何合作，那就跟中间人没关系了。

　　我打通了子禾的电话，刚接通电话，她先称呼我，显然她已经把我的联系方式保存在手机通讯录了。我把朋友这边情况告诉她，她很高兴，不停地说了好几个谢谢，然后她告诉我，她上周离职正在外地旅游，可以明天就回京陪我朋友去与栏目负责人面谈。我问："如果这事谈成了对你有帮助吗？"其实我这句话的暗语就是：你已经离职了，这事谈成了你能不能拿到奖金，要是没有好处的话就不用赶回来。她一听也就明白了我的意思，在那边笑着说虽然已经离职，但是依然可以帮栏目拉业务，有奖金，区别就是没有底薪，不用天天到公司打卡报到，相对自由。我说那就好。于是，我便把电话递给朋友，让他俩聊了一会儿，主要是具体了解一下栏目情况和合作费用方面，并且约好面谈时间。

朋友挂完电话之后，居然说了一句"她的声音真甜"。我开玩笑说："本性暴露，你要小心啊，她长得非常漂亮的。"

玩笑也就说说而已。朋友的公司很快就与电视台栏目运营公司签订了合同，为此子禾组了个饭局答谢，邀请了我和最初介绍她与我认识的那个客户。从那天起，我觉得子禾这人挺会办事。

就这样，我认识她六年来，在业务上有过多次交往，主要是我给她介绍客户，她给我也介绍客户，而我与她之间反而没有业务合作。对她的了解仅仅停留在她人脉很广，朋友不少，直到今年国庆期间才真正知道她的一些故事。国庆期间有个朋友结婚，子禾就是婚礼主持人，中午婚宴结束之后，她说附近有家咖啡厅，好久没见面了，要不去那里坐坐聊聊天。我与她上次见面还是2021年的夏天，那次她受邀在建国门附近主持一个郑州特大暴雨公益拍卖捐赠活动，我也去拍了几幅字画。

到咖啡厅落座之后，我开玩笑地说："你主持婚礼次数可不少啊，什么时候也让别人为你主持婚礼。"

她用勺子缓缓搅动着咖啡，笑着说："我是不婚主义者，不谈恋爱，不结婚，把所有的时间用来做自己喜欢的事情。"

我一时不知道怎么来接这句话，她这个年龄在北京没有结婚的不算少数，但是他们没结婚的理由是没有找到合适的，他们要么就是自己特别优秀，要么就是希望对方特别优秀。

比如我有个男同学，只比我小几个月，至今也没结婚，谈了几个女朋友，觉得不合适，后来就干脆不谈了。他说自己相信一见钟情，一眼没有看上的话，就不用谈，浪费时间。我打趣说："莫非你有孙悟空的火眼金睛，能一眼知道某个女生与你有缘？你这样拖下去，再过几年我儿子都要谈女朋友了。"他居然还厚颜无耻地说："这样更好啊，到时让你儿子给我传授传授谈对象的经验。"

子禾见我满脸疑惑的样子，于是讲出了她的故事。

子禾出生在河北农村，村庄的河对岸就是河南。她才一岁时，她妈妈就离开这个家，至今下落不明，她想不起妈妈到底长什么样，她爸爸说原来结婚证上面有张合影，她妈妈离开时把结婚证也带走了。

她爸爸年轻时在外面做工，有次从城里搭乘邻村的拖拉机回家，赶夜路，车翻了，司机当场被压死，她爸爸断了左手胳膊，腿也受伤，从此不仅失去了左手，走路也有点瘸，只能在家种庄稼维生。她爷爷奶奶过世时，她爸爸已经三十多岁，还没有结婚，这种情况，哪个女的愿意嫁呢。子禾有个伯伯，也住在村里，但是并不待见自己的兄弟，反而每次见面都绕着走，更不要说帮助自己兄弟了。子禾说她打小从记事起，就没有进过她伯伯的家门，更不要说去伯伯家吃饭了，她伯母有时还取笑她穿得破破烂烂，心情不好时，见到子禾还会骂几句恶毒的话。

子禾爸爸到了四十岁，邻村有人来说媒，说是外地有个姑娘，家里特别穷，父母也没了，被哥嫂赶了出来，现在只要有个落脚地，就愿意嫁。子禾爸爸一听有这好事，他本以为自己要打一辈子光棍了，不管长相丑成啥样也愿意娶。尽管邻村那人开口要了一笔很高的介绍费，她爸爸还是把种菜攒了十多年的钱都拿了出来。那姑娘被送上门时，腿上还裹着纱布，是举着拐棍来的，让村里所有人惊讶的是这个姑娘脸蛋非常漂亮。子禾长大之后听村里老人说，村里没有哪个女的比她妈妈漂亮，大家都说子禾爸爸走了狗屎运。

子禾爸爸娶了媳妇之后，每天乐呵呵地，走到哪里都带着媳妇，一步都舍不得离开。即使当时子禾妈妈怀孕挺着大肚子，她爸爸去地里干活时，也要带上她妈妈，让她妈妈坐在地头，她爸爸单手拿着锄头干活。子禾出生之后，她妈妈就天天在家照顾她，直到她满周岁那天，她爸爸高兴地喝了很多酒，等第二天醒来时，没有看到她妈妈，然后上下村庄都找了，没有找到。与她妈妈同时离开的还有邻村三个外地嫁来的妇女。

子禾长大之后问过她爸爸一些情况，她爸爸说，听她妈妈自己讲是云南红河的，但是听在外面打过工的人说听口音倒像是贵州西南部那边的。她爸爸找邻村那个媒婆问情况，媒婆也说不清楚情况，过了一两年媒婆在外面犯了法，被公安抓了。

子禾问她爸爸有没有想过去找她妈妈，她爸爸说："去哪里找？出去找，不得花钱吗？"

子禾失去了母爱，尽管小时候也常常被村里小孩取笑"没有娘"，幸好她爸爸对她照顾得无微不至，在地里挣的钱全都花在子禾身上。子禾学习成绩好，从小学到初中都是班级第一名，初中毕业时她见爸爸过得苦，就说不想念书了，要出去打工，结果她爸爸摔杯子把她骂了一通，这是她自小到大第一次被爸爸骂。她爸爸说，别说还能种地挣钱可以供她读书，就是没有钱卖血也要供她读大学，他不想她一辈子在村里受人白眼。

子禾高考的时候以优异的成绩考进了郑州一所大学。她爸爸接到她的大学录取通知书时，又哭又笑，还特意跑到村口买了一瓶酒回来喝。自她妈妈离开之后，她爸爸就没有再喝一口酒。她爸爸说，如果那天他不喝酒，她妈妈就不会走。子禾去大学报到时，她爸爸把家里养的羊全都卖了，凑齐了学费让她一个人去学校，并且说他不去送她，他这个样子去学校会给她丢脸，要她没钱花的时候就给村口小卖部打电话，让小卖部老板告诉他，他就坐车去县城给她汇款。

子禾到了大学之后，没有再向她爸爸要过一分钱，她在学校利用学习之余勤工俭学，先是在学校食堂洗刷盘子，又到街上帮一些店家发传单，后来学校老师知道她情况，给她推荐给一位老教授做助手，协助处理一些文字工作。她学的是文秘专业，正好擅长这个，老教授了解她家境之后，给她的劳务费挺高，还帮她申请了学校贫困生助学金。

在大学期间，由于子禾长相出众，令很多男生趋之若鹜，但是子禾根本就不想谈恋爱，全都拒绝。用她自己的话说，那个时候都忙着挣钱吃饭，哪里还有心思花前月下。

子禾毕业那年，她爸爸已经六十多岁了，有一天突发疾病，村里人还没来得及把他送医院，就撒手人寰了。子禾在乡亲们的帮助下安葬了她爸爸，看着那个空荡荡的房子，她知道自己的家没了，这个村庄已经没有了她留恋的地方。从那以后，她每年只在清明回去一次，给爷爷、奶奶和爸爸上完坟就离开。

大学期间，老教授常说她形象好、声音甜美，有做主持人的底子，正巧子禾有个梦想就是做一名主持人，她毕业之后在郑州一家大型公司工作了一年，然后果断离职来到北京。她原来计划报考中国传媒大学研究生，由于备考时间短，在北京生活成本高，她又忙着工作挣钱，复习准备不充分，考了一次没成功，就干脆报了一个中国传媒大学的播音主持进修班。

在进修班里面，虽然有不少帅哥靓妹，尤其是有些女生不但长相艳丽，而且又有名牌衣服名牌包包，但是所谓"天然去雕饰"，子禾纯天然的美配上修长牛仔裤和紧身上衣，反而更吸引男生的眼球。哪个少女不怀春？子禾最终在一众追求者中看上了一位长相英俊帅气的小伙子，那小伙子能说会道，对她是天天嘘寒问暖，很快两人就确定了关系。

子禾本以为老天爷眷顾，让她找到了自己的真命天子，她对男朋友倾注了全部的爱，谁知不到半年，她发现男朋友居然偷偷与另外一名女生在交往，而那个女生的妈妈是一家电视台的领导。她勃然大怒，男朋友跪在子禾面前求他原谅，说他无家庭背景，想在北京立足太难了，而那女的能让她妈妈把他安排进电视台工作，他还说自己是爱子禾的，但是为了他的前途，没有办法，不得不离开她。子禾看到男朋友那虚伪的嘴脸，痛恨自己怎么爱上了一个这样的人。她搬离了男朋友在管庄租的房子，又回到自己之前在四惠租房的地方重新租了一间。

塞翁失马焉知非福，与子禾合租房子的女生正好在一家做电视台企业家访谈栏目的公司工作，她对子禾说，公司为了开展业务，正在大量招募业务人员，也就是制片人，虽然拉业务要到处跑，但是拉来一笔业务就有10%的提成，公司里的合作项目最低都是10万元，最高是300万元。子禾一听就两眼冒光，她决定去试试。子禾刚来北京时，是在一家公司做文秘，虽然待遇不高，但是工作不忙，不影响她周末去上进修班。于是，合租女生就带她去公司面试，负责人听她农村出生，大学期间又勤工俭学没花家里一分钱，吃苦耐劳，形象又非常好，当场就录用了她。

子禾顺利进入公司工作，最初的工作就是打电话，拿着公司提供的企业名录一家家打电话介绍栏目，遇到感兴趣的就上门拜访，或者约到公司来详细介绍。这是撒网式的电话营销，也是很多公司常用的手段。这种方式可能一百个电话才能遇到一个愿意见面的，而二十个见面的里面可能才换来一个合作的。也就是说，在理想状态下，一个月能谈下一个客户，就不错了。当然，有一些老员工一个月能谈下五六个客户，也有些新员工连续三四个月业绩都是零。除了电话营销之外，栏目负责人还会安排能力出众的员工参加全国各地比较重要的商务活动，寻找一切机会去认识企业负责人和企业高管，向他们推荐栏目。

子禾的业务开展并不顺利，连续三个月没有开单，全靠每个月1200元的保底工资生活，扣除房租费，只能吃最便宜的盒饭。与她合租的那个女生也一直没有开单，第三个月还没干完就受不了，辞职去找别的工作了。子禾也想过放弃，但是她的性格不允许自己认输。看到周围同事一个个谈下业务拿到高额奖金，她愈发着急。有时她看到马路上车来车往，不停地问自己能不能在北京扎下根。为了签下业务，她每天回家反复推演当天与客户的谈话，看看自己是不是没有把栏目优点介绍清楚，是不是没有抓住客户的真正需求；她通过网络去查看客户的公司情况、了解客户最新动态，查看客户的公司是否有什么新业务或者新产品要推出，自己的栏目能否给对方带来实际性的需求。她还买回来一本本有关推销和沟通方面的书籍，提升自己的话术。她满怀期待的第四个月，业绩仍然为零，公司老总都觉得很奇怪，她这么努力怎么就没有任何收获呢？负责人对她说实在不行就放弃吧，转为栏目的后期工作人员，甚至可以实习参与一些普通节目的主持工作。子禾进修的就是播音主持，虽然还没结业，能先实习不也是一件很好的事情吗？但是她拒绝了，既然已经做制片，就一定要干出成绩。她顶着压力，每天坚持着！

终于，在第五月的第一天，她突然接到了一个客户主动打来的电话，说经过调查了解，决定与栏目这边合作，并且是选择最高套餐的那种合作。子禾挂断电话，都不敢相信这是真的，直到公司老总当天下午带着她到客户办公室签订完合同之后，她才激动得流下了眼泪。她一直在努力着，相信自己会成功的，但是没想在她几度失望的时候，突如其来的第一个业务签约金额会有那么大。那天晚上，她彻夜失眠。

子禾说那个时候北京已经实施房屋限购政策，不然她拿着那个业务的奖金就够在北京通州首付一套房子。

第一个单子签完没几天，在她电话回访一些认为合作希望比较大的优质客户时，有个客户说正在她公司附近办事，子禾约他过来公司看看，具体了解了解。客户答应办完事就过来。结果直到下班，客户还没来，打电话去问，客户说不方便通电话，还在谈事，谈完了就来找她。等到晚上八点钟，公司老总和几位留下来配合她介绍栏目的同事都饿了，都怀疑被客户"放鸽子"，子禾说自己见过这个客户五六次了，坚信客户不会骗她。大家只好一起陪着她等。晚上十点钟，客户还没来，公司老总让她打电话催催客户，子禾说客户肯定在谈事，不能去电话打扰他。直到晚上十一点，几个同事正在抱怨准备回家时，子禾的电话响了，客户已经到了公司楼下，她连忙飞奔乘电梯下去迎接客户。

客户走进公司，见大伙为了等他连饭都没吃，很是感动，连忙解释道自己下午在银行办事，随后一直在陪一位非常重要的客人。随后，客户简单与大家聊天几分钟，就说今晚直接把合同签了吧，今天下午出来办事正好带着公章。公司老总喜出望外，忙让子禾准备合同，客户有款新产品要做栏目的广告植入，合作费用不低。签字盖章，送走客户之后，子禾激动地要请大家吃夜宵，老总高兴地说子禾请客他买单。对于老总来说，签下一个单，他才是最大的受益者。

那一夜回到家已经很晚了，子禾没有睡意，她坐在窗边看着楼下马路上偶尔经过的汽车，偶尔傻笑一下，对未来充满了信心，开始规划美好的未来。

好事就像提前商量好的一样，接踵而来，第三个单子、第四个单子、第五个单子，都在第五月都签了，她成为公司业绩冠军。

付出终会有回报。子禾业绩越来越好，凡是外地有企业家商务活动，公司首选就是委派子禾去参加，她的客户范围不仅仅局限在北京，全国各地都有，尤其是上海、广州、深圳和各省会城市，成了她常常出差的地方。她在这家公司一做就是五年，直到我与她初次见面的次月才离职。

在这五年里，她有客户是做茶叶生意的老板，那儿年茶叶生意也比较好做，不少老板也舍得花钱做广告，就经常光顾北京马连道，那是茶叶一条街，她懂得了很多茶叶知识、学会了各种类茶叶的不同煮泡方式、茶具的选品，甚至根据不同场合不同身份的人喝不同的茶来选择播放不同的音乐，布置不同的插花和熏香。在几个客户的鼓动下，她居然把中级茶艺师给考了下来。

对于有些人来说这个茶艺师也就是一个证，对茶艺方面懂得多些而已，但是对于子禾来说就很有帮助，她与很多客户谈业务时，只要是坐在茶盘边，她就主动负责煮茶沏茶，并且还告诉客户在什么时段喝什么茶更合适。比如早餐之后喝红茶，因为红茶属于温性茶，可以促进血液循环，能让大脑血氧充足，让整天更有精神；午后喝绿茶，可以消除疲劳，提神醒脑；晚上喝黑茶或白茶，可以解油腻，促进消化，提高睡眠质量。不同的茶用的水温不一样，采用泡茶的器具也不同。同时她能一眼识别新茶、陈茶和老茶，能看出茶叶的品质和价位。每次在她温杯、投茶、洗茶、泡茶、出汤、分茶等一系列操作下来，周围人都拍手叫绝。

有些客户约朋友谈事，会打电话请子禾参加，一是子禾长得漂亮，二是子禾可以负责泡茶，有美女在旁，聊天氛围会好很多，大家也都乐意与她结识。就这样，客户的朋友有些也就成了子禾的客户，而经营茶叶的客户又通过子禾推荐一些新客户。子禾帮助了客户，客户又帮助了子禾。

人与人之间的交往，越真诚越懂得付出，往往就会得到越多。有时，不经意的举手之劳，就会给你带来意想不到的收获。如今社会，有些人做什么事情总是去考虑自己能得到什么，对自己是不是有什么好处，无利不起早，机关算尽太聪明，反而让自己失去了很多朋友、失去了很多机会。

子禾还学会了服装设计，她有个客户就是一家小众品牌服饰公司的老板，白领最尴尬就是在写字楼里面与人"撞衫"，这家服饰公司就是主动服饰订制，每一款都是独一无二的。由于不是批量订制，衣服价格不菲，刚开始市场打开很困难，不过经过几年发展，如今这家公司名气很大了，我多次在电梯里面见过这公司的广告。子禾初识这个客户时，这家公司刚处于起步阶段。客户是个大姐，原来是个服装设计师，在老公的支持下出来创业，她喜欢与子禾交往，经常跟子禾说自己每款衣服的设计理念，有时还拿一些设计图给子禾看，让她帮忙参谋、提提修改意见。子禾为了与客户沟通时能提出一些有效意见，她买了一些关于服饰设计方面的书看。客户见子禾很有悟性，就推荐她到北京服装学院的一个进修班去听课，客户与这个进修班授课的几位老师都是好朋友，所以子禾一分钱没花就去听了半年课。子禾帮客户还设计了几款衣服，结果评价很好。客户还数次对子禾说干脆跟着她一起创业得了，但子禾只把这个作为爱好，真要自己从事这个行业，她又觉得自己不是很合适。

做制片人，就得与各种各样的企业老总或者企业高管打交道，就得参加各种酒局，人上一百，形形色色，这里面就不乏一些企业老总对子禾有非分之想，趁着喝了酒动手动脚，而子禾每次都会很巧妙地化解。也有些人端着一大杯白酒对她说："只要你一口干了，我就签合同。"子禾会说男女平等一人一杯；遇到酒量大的，她就会说大男人小女子，男的喝大杯，女的喝小杯。有时，即使巧妙应对，也会遇到一些无理要赖的老板，所以子禾在酒桌上难免会喝吐。

由于爱奇艺、优酷、腾讯视频的兴起，很多企业的宣传也逐渐向网络视频转移，企业可以请一个专业摄制团队自己拍摄宣传片或者专访，通过网络视频投放，不仅成本低，而且传播更广，影响更大。公司企业家访谈业务开展越来越难，当时电影市场很火，她老板尝试转型，拿出了大笔资金投资了几部电影，结果都是铩羽而归，不仅出现影片在电影院上映"一日游"现象，而且还有电影都一直不能过审无法播出。她老板每天焦头烂额，也没有心思好好经营这个栏目。不过，此时他就是花心思来经营，意义也不大了，行业已经出现了变革，个人再努力也没有用。当时代打算抛弃你，根本不会给你任何机会。公司业务在子禾来的第四年就开始断崖式下滑。子禾在这个行业待了五年，用她自己的话说是待腻了，于是就申请离职。其实业务难开展是主要原因。

子禾离职那个月，正好是自己在北京的社保缴满五年，她拿出全部积蓄在通州北苑买了一套房子，终于有了属于自己的家。北京房价一直在涨，她说自己来北京第一年挣的钱就够在通州买一套房，没想到忙来忙去挣了五年的钱，仍然只够在通州买一套房。她笑着说感觉自己白忙了五年，为了在北京有个窝，活得太累了。

子禾有了自己的房子，但是没有自己的车子，至今也没有。不是她没有钱买，而是她一直没有摇到北京车牌指标。在子禾来京之前，北京就实施了小轿车牌照摇号领取的政策，对于非京籍人士需要在北京连续缴纳五年社保和五年个税才有资格参与摇号，每年控制车牌发放数量，个人中签率非常低，我就遇到有人摇号十年还没有中的。子禾现在开的车子是一个朋友的车，那个朋友企业原来经营得不错，有好几辆车，后来企业效益不好就关了，车子也不怎么用，就让子禾开了一辆，子禾每个月给这个朋友一些费用。

子禾离开那家做企业家访谈的公司之后，就忙着给自己的新家装修，也没有找工作，就是帮原来认识的一些客户相互牵线搭桥介绍业务，只要业务谈成，对方会给她一些介绍费。由于她在中国传媒大学进修时已经考下来了《播音员主持人证》，也客串过几次主持人，所以也偶尔也接一些主持的业务。用她自己的话说就是赚点零花钱。

房子装修好之后，担心甲醛超标，需要放放味，不能立即入住。于是她一个人带着行李就去了云南和贵州，她在那边走访了很多农村，向当地村子打听有没有她妈妈这个人。她报名参加了一个接力支教活动，在她爸爸提到过的一个小镇支教了两个月。她爸爸说以前听她妈妈提过几次这个名字，怀疑她妈妈就是那个地方的。由于她妈妈当年与她爸爸结婚时使用的是假身份证，不知道她妈妈的真实姓名。她这样去寻找，无疑是大海捞针，前后花了半年时间，没有找到任何蛛丝马迹。

回到北京的子禾，搬进了新房子。从离职、买房、装修、支教和寻找她妈妈下落，前前后后经历了一年时间。她开始找工作，先是找电视台主持人的工作，发现比她想象中的要难很多，一大堆学播音主持的正规军也在排队等着进电视台呢，何况她还是个没有什么背景的进修班出身的。她又应聘了另外一些公司，虽然对方很期待她去上班，但从发展前景和薪资待遇上都不符合她的预期。这个时候，那位创业经营小众服饰公司的大姐，得知她在找工作，主动邀请她加入。子禾考虑再三就加入了，担任这个大姐的助理，也就是CEO助理。当然，这个助理的工作除了协助公司日常管理，最主要的工作还是服装设计。

子禾在新公司收入虽然比原来公司低，但是她过得很开心，她们一群人在大姐的带领下，干劲十足。谁知道才工作一年多一点时间，2020年夏季，由于各种原因，公司不能常态化经营，大姐儿子又要去国外读高中，大姐干脆就把公司卖了，自己去国外陪儿子读书了。新老板进来之后，先是对公司进行裁员，子禾也从CEO助理变成了服装设计师，她本来想趁机也离开公司算了，但是私下找了一圈，发现很多公司也在裁员，招聘市场很不理想，于是就打消了这个念头。

新老板在管理理念上与大姐有明显的区别，对员工非常苛刻，大家怨声载道，但一个个又不敢离职。离了找不到新工作，好几个员工指望这工资还房贷呢。由于这新老板背后又有投资人，对业绩要求越来越高，所以公司在服饰设计定位上变来变去，子禾作为服装设计师常常为了设计方案通宵达旦修改。就这样，到了2021年，子禾在忍受了一年的情况下，终于鼓起勇气离职了。从那之后，她就再也没有去找工作，平时接一些主持人的活，偶尔到社区做志愿者，帮之前一些客户对接业务，完全成了一名自由职业者。

她从那家运营电视台栏目的公司离职之后的事情，我是多多少少了解的，只是没有想到她有如此令人唏嘘的原生家庭，也完全想不到平时在我们面前嘻嘻哈哈的她，曾有令人赞叹的励志故事。

我问道："那也不能因为失恋一次就不谈恋爱不结婚啊。"

子禾说："后来谈了两个，有一个谈了两个月，年轻有为，是一家企业高管，对我特别好，结果我无意中发现他早已经订婚了，与我谈情说爱的时候，还在与未婚妻商量婚礼的事情。我与他当面对质，他居然说未婚妻是他爸战友的女儿，他与未婚妻没有感情，但不能违背他爸爸的意愿。他说看到我之后才发现自己真正爱的是我，让我等他，他保证结婚两年就与这女的离婚，再与我结婚。真搞笑，世上还有这么渣的人。我一巴掌给他抽过去，然后扭头就走。他打电话来，我直接把他拉黑。第二个呢，是在社区做志愿者时认识的，当时社区工作比较忙，鼓励大家报名参加志愿者协助工作，我也报名了，然后认识一个小伙子，比我小两岁，长得真高，他自己说有一米九。社区那些志愿者也很看好我俩在一起，谈了一段时间，才发现他居然没钱，还欠了一大堆网贷，说是以前与朋友投项目失败了，常找我借钱还债。我当时想吧，自己手里有点钱，帮他还了也行，免得催账电话天天骚扰他，我看着都烦。两人以后在一起是过一辈子的，这点难关还能不帮他渡过？只要努力，面包会有的，牛奶也会有的。但是人心难测，令我没想到，我帮他还了一些钱之后，他本来说已经没有了，谁知道没过多久，他还有几笔大的，还鼓动我把房子卖了给他还账。我的天啦，我一听金额，吓了一大跳，这房子是我唯一的窝，要是卖了，我住哪里？现在北京房价多贵，以后还能不能买得起！我觉得他那里就是一个无底洞，就要与他分手，并且让他把以前借的钱写上借条。借条，他是写了，但是他不愿意分手，在我门口跪着，烦不胜烦，最后只有报警，警察把他撵走了。他又来了几次，来一次我就报一次警。后来，警察警告他再上门骚扰就要拘留他。他才没有来。虽然现在借条在我手里，这钱肯定是要不回来了。我在服饰公司白忙了两年，攒的钱全给他还账了。"

子禾说到这里，又气又恨。

我听得也义愤填膺，诅咒说道："这俩家伙都不是好东西，不得好死。"

子禾接着说："之前有几个客户对我也表达那意思，但是他们年龄大，都有家室，也有人说愿意离婚娶我。我可不想活成自己讨厌的样子，就把他们说的话都当着是开玩笑。我后来自己反思，为什么被骗了那么多钱，甘愿掏钱给那人，其实就是自己内心在着急，看到自己年龄大了，也想成家。无欲则刚，自己被人拿捏了。"

说到这里，子禾笑着说："所以啊，从那以后我就决定不谈恋爱不结婚，伤不起啊。我自己一个人这样生活，不也是挺好的吗？平时可以多花点时间看看书，提升一下自己，活成自己喜欢的样子。"

是啊，像子禾这样的大龄未婚青年，他们不是不想结婚，而是因为种种原因，他们一直没有遇到合适的结婚对象。他们坚守着内心对爱情与婚姻的纯粹向往，不愿将就，不想委屈自己。在这个快节奏的社会中，他们与世俗所期望的"按时结婚"的模式渐行渐远。然而，这并非是他们刻意疏远，而是在努力拉近与理想中美好婚姻的距离。他们不想让未来的自己成为现在的自己讨厌的样子，所以宁愿在孤独中等待，等待那个能真正与自己心灵契合、跨越现实距离的人出现。他们用独处的时光提升自己，只为在真爱降临时，能够以最好的姿态迎接，跨越那段横亘在理想与现实之间的婚姻距离。

我端起摆在咖啡杯旁边的一杯温水，缓缓举起，重复她刚才说的那句："活成自己喜欢的样子！"

子禾也端起水杯，两个杯子轻轻碰了一下。

我看着她那双坚定的眼神，说道："加油！"

负重前行的何校长

午餐时，几个女同事在讨论周末去二小附近一家新开的餐馆吃饭，说是正宗的徽菜，臭鳜鱼做得特别地道。我虽然不是安徽人，但是每年要去安徽出差好几趟，尤其是去皖南徽州地区，那可是徽菜发源地，每次去都要待上好几天，甚至有待上半个月的，所以对徽菜情有独钟，尤其是对徽菜中的招牌臭鳜鱼更是垂涎三尺。于是就向同事问徽菜馆的具体地址。同事说就在二小东侧路口，原来一家日料店倒闭了，改成徽菜馆，上周刚开业，她全家去吃了，味道很正宗。这个同事的老公是安徽绩溪人，而绩溪是被誉为"徽厨之乡"，所以徽菜正不正宗，她老公很有话语权。

那家日料店我是知道的，2021年冬天开业，这才一年半时间就坚持不下去了。这个地方曾经是一家面向中小学生的学科培训机构，在这里盘踞了整整五年，我亲眼见证了这家机构从七八十名学生到两千名学生的辉煌，也亲眼见证了它一夜之间被迫关门的落幕。

这家培训机构的老板叫何军，我第一次见他时，大家都叫他何校长，于是我也就称呼他何校长。我是陪儿子去上试听课时认识他的，休息区坐着一堆陪孩子们来上课的妈妈，他见我独自站在楼道口玩手机，就邀请我到他办公室坐。他与我同岁，是湖北恩施人。我出差去过恩施，后来又陪朋友去那边玩过，所以一下子就找到了共同话题，两人就这样每次见面，只要他不忙，我都会与他聊会儿。

何军在大学时学的是室内设计，毕业之后就在武汉一家装潢公司里面工作，同年就与自己的高中初恋结婚，他们刚毕业没有什么收入，双方父母都是农民，也给一对新人提供不了什么帮助，婚房就是自己在武汉城中村里面租的一间房。第二年，他老婆怀孕，由于装潢公司业务一般，他作为设计师的收入并不高，而他老婆的收入比他更低，两人思前想后，如果请父母来照顾的话，怕承担不起开销，于是他只好把老婆送回老家，恩施土家族苗族自治州咸丰县下面的一个乡村。那年夏天，他做了父亲，老婆给他生了一个漂亮的千金，次年冬天，他再次做了父亲，老婆又给他生了一个漂亮的千金。这两年时间，何军换了三家公司，收入虽然有所提高，但是家里的开销越来越大，正在他一筹莫展之际，一名大学同学邀请他来北京发展，说北京这边房价高，有钱人相对多，房子装修和设计都舍得花钱，这边装潢公司的底薪高、设计提成也高。于是，何军就只身来到北京，并在同学的推荐下进了同学打工的那家公司。

到了北京之后，何军的工作如鱼得水，收入比在武汉高了很多，只一年时间，他就在老家县城按揭了一套房子，让老婆和孩子从农村搬到城里，又过了一年，就提前还清了房贷。

　　那时北京刚举办完奥运会，国际金融危机全面爆发后，我国经济增速回落，为了应对这种危局，我国政府推出了进一步扩大内需、促进经济平稳较快增长的十项措施，也就是大家俗称的"4万亿救市"。楼市利好，房价飙涨，在"买涨不买跌"的消费理念面前，购房者涌入楼市，买房装修也带动了装潢市场的发展。一片向阳的情况下，何军的同学不安于做一个打工者，他约上何军出来自己创业。此时的何军也被市场的繁荣刺激着，虽然已经在老家买了房子，但他更希望能挣钱在北京买房。他果断辞职与同学一起注册了一家装潢公司并租下办公室，开始了创业生涯。由于之前认识一些老客户，公司又推出一系列优惠活动，在老客户的介绍下，刚开始还真接了好几个业务，但都是普通住房装修，利润很低，那些豪华住宅和高档别墅的业务却无法接下来。这时何军和同学才明白，这些大客户还是看装潢公司品牌的，即使都是同样的一伙人在干活，去了小公司，人家就不认。大客户选的是公司，而不是选干活的人。因为有知名度的装潢公司在装修质量和后期维护方面，更让客户放心。

　　在房屋装修方面，普通住宅装修利润很低，很多业主甚至都是靠借钱凑齐首付的，所以在装修方面是能省则省，至于室内设计更是没有人愿意花钱买单，很多业主直接从网上找几张效果图打印出来交给装潢公司。采购装修材料其实是有一定的利润空间，但很多业主为了省钱，有时只是为了省几百块钱，都要亲自跑遍北京各大建材市场，为了与商家谈判有优势，甚至还有小区业主几十人或几百人一起团购，把装修材料采购价压得很低。所以采购材料这块业务，何军的公司几乎就没有接到业主委托他们来做。

在具体施工方面，对于何军这种装潢公司，除了公司派一个项目经理来协调和监理整个施工过程之外，没有自己专业的装修队伍。公司通过劳务市场上找来水电工、泥工、腻子工、木工、油漆工等各工种人员，然后穿上他公司的工作服进场施工。有些工人嫌换衣服麻烦，直接把工作服往施工架子上一扔，穿着自己满身是灰尘的衣服干活去了。这些工人有些在北京干了十多年，都是"老江湖"，市场需求旺，他们不愁没活干，所以要价不便宜，就算做错事也会千方百计找借口。这样整套房子装修下来，利润很低。

何军一直想打开高端住宅装修的市场，那些动辄就花上千万或数千万买房的业主，在装修上非常舍得，预算几百万都是很正常的，这些业主工作忙，所以基本是"全包式"委托装潢公司负责，费用方面也不会为了几万块钱讨价还价，所以那些专做高端住宅装潢的公司，他们接一栋别墅装修的利润可能比接一百套普通住宅的还要高。但是这块市场很难打开。

　　为了开发业务，何军亲自带着业务员到各大楼盘附近发传单、以各种身份混进业主QQ群、找二手房中介机构合作、拜访楼盘物业公司，等等，采取多种手段，业务虽然接了不少，但都是那种户型较小，业主舍不得花钱的装修。忙了一年下来，除掉各项开支，没有余钱，也就是说没有什么利润。之前做设计师的时候，每次都是公司把业务接下来，按照业主的要求进行设计即可，根本就不用考虑开发客户和施工，现在轮到自己创业才明白，理想很丰满，现实很骨感。

　　何军和同学两人合计，终究不是亏损，只要业务扩大，或者说只要能接到大业务，公司的利润就会增长，于是就增加了高端市场的业务员和推广成本。就这样又折腾了一年，发现亏损严重，两人手里的余钱都亏没了。人员开支和广告宣传占了支出的大头。继续干下去，已经没有钱支撑了，他们想过找人入股一起干，认为只要控制好支出，赚钱是没问题的。但是在亲朋好友里面找了一圈，没有人愿意投资一家已经亏损的公司。这个时候，装潢市场里面的一些有名气的品牌公司为了扩大市场，在拿到投资之后，进行大规模的价格竞争。

　　不是每一份付出都会有回报，很多人辛辛苦苦一辈子，起早贪黑，面朝黄土背朝天，最终没有摆脱贫穷。有市场的因素，有人为的因素，有政策的因素，有行业发展方向的因素，等等。何军也是如此，他那么辛苦去开发业务，但事与愿违，那些豪宅装修市场就如一道鸿沟，他想飞越过去，却被摔得鼻青眼肿。

何军提出散伙，自己家里有老婆和孩子，开销很大，还要时不时给父母和岳父岳母寄一些生活费，他已经支撑不下去了。他同学其实也心有余而力不足。最后两人解散公司，分完手里的客户资源，开始各干各的。这两年的创业经验让何军也了解装潢市场，即使做的是普通住宅装修，只要控制成本也还是有利可图。于是，何军就租了个五六十平方米的小办公室，只雇了一个小姑娘负责接电话和网上寻找客户，他自己就在外面跑市场，谈下业务之后，他自己既做设计师，又担任项目经理来回跑施工工地，亲自与工人沟通每一个施工细节，虽然很累，但是收入还比较可观。用他自己的话说是虽然没有挣到大钱，但日子过得还不错，比打工要强很多。

本以为就这样在装潢市场上一直干下去了，没想到因为给一个客户装修了办公室而发生了改变。这个客户是个从海外留学回来的女生，一直想考公，首战失败，为了让自己有收入，就利用自己的英语优势开了一个英语辅导班，在自己租的房子里给几个小学生辅导英语，由于这女生口语很好，又掌握了一套很实效的教学方式，学生的英语进步很快，家长就口口相传，不到半年时间，就有了三四十个学生来报名上课。这个女生自己的房子太小，就决定租一间办公室用来做教室。于是就租了一间五十多平方米的大开间，又通过网上找到了何军给她做装修。说是装修，其实就是把房间重新粉刷，把破损的地板拆掉换上新地板，采购课桌和椅子。结果花了半个月时间把教室布置好之后，这女生说尾款能不能用授课费来抵。何军不乐意了，就五千块钱的尾款，她又不是没钱，自己小孩还没到要上培训班的时候。这女生说了一堆自己各地方要花钱的理由，然后说可以抵八千元的授课费，反正就是不愿意付尾款。他发短信催款，这女生总是不回复，打电话也总是不接。见面问她，她不是说自己在看书，就说自己在上课，没有注意到手机信息。何军拿这女生没办法，幸好钱不多，自己住的地方离这个培训班也不远，他有空就过去找这女生要账。几次接触之后，才得知这个女生把自己收的培训费大部分都寄给自己在国外读书的男朋友了。她男朋友家境原来很好，最近男朋友的父亲出了事，就断了经济来源，她为了支持男朋友把学业完成，就义无反顾地把钱汇过去了。有次他在装修房子时，听业主夫妻两人为儿子的英语成绩发愁，他就推荐到这个女生这里试听了一节课，没想到小孩出来之后就跟妈妈说想在这里学。何军用这个小孩的培训费换回了自己装修工程尾款，那个业主还不停地感谢他给孩子推荐了一个这么好的培训班。

何军发现小孩培训市场挺大，家长为了孩子学习都是抢着付钱，有些家长还会主动介绍孩子的同学来学习。这个女生为了自己能考公有时间复习，只收三个班，十五人一个班，不多招，给钱都不要。何军见了满脸羡慕。

想什么就来什么，让何军意外的是过了一年，这个开培训班的女生主动联系他，说自己已经考公上岸，问他愿不愿意接手，还说这个比他搞装修既轻松又赚钱。何军一听就心动了，自己这段时间单打独斗搞装修虽然也赚了一些钱，但是要做大又不敢，有前车之鉴；若目前这样做下去虽能赚些钱，但又不甘心。吃不饱饿不死，才是最纠结的。

于是，他与这女生见面聊了好几次，对培训市场又有了全面了解。这女生说自己已经把教学内容整理成一套完整的教案了，准确地说已经形成了一套比较完善的培训系统，专注小学一年级到六年级的英语学科培训。何军说自己英语不行，拿到这套系统也没用。这女生让何军找一两个人，她愿意帮他培养教师，等培养好了，她再正式离开。

虽然这女生开出的培训班转让费不低，但是何军心动了，他通过网上招聘招了一名英语专业毕业的女生，又让自己公司接电话的那个小姑娘和自己一起来听课。何军虽然英语不行，但他是本科毕业生，在大学时英语过了四级，教小学生应该没问题的。就这样经过两个月的授课培训，何军正式接收了培训班。

刚开始，家长担心教学质量会下降，有一半学生家长闹着退费，何军向家长承诺连续上课四个课时不满意则退费，且这四个课时也不计算费用；如果满意的话，下一学习阶段继续报名的话一律八折。幸好，四个课时之后，学生反而更喜欢了，向家长反映新老师比原来的老师更好。何军虽然与老家的两个女儿相处的时间很短，但是他懂得如何与孩子们相处，把对自己女儿的爱都放在这些孩子们身上。小孩子嘛，其实都想玩，不在这里学就会被家长拉到别的培训机构去学，如果让他们觉得在这里上课既开心又轻松，他们就会很乐意的。

原来的学生稳定之后，何军就计划扩大规模，开始对外招生，周一到周五学校放学的时候，他就拿着传单到周围几所小学门口去派发，找接孩子的家长聊天，邀请他们去试听。那两位女生，也就是两位负责授课的女老师，就留在培训班，一是做好接待咨询，二是给学生安排试听。

当市场对某种产品具有强烈需求的时候，你的产品又正好具有一定的优势，那么市场就会快速接纳你、欢迎你。何军的培训班就是这样，咨询的人多，报名的人也越来越多，他那小小的培训场地一次只能开一个班，已经无法容纳两个班或三个班同时上课，经过考察，他发现二小旁边正好有一个店铺正在转让，连同店铺一起的还有楼上四个房间，他果断租了下来，并亲自设计和拉来原来认识的工人快速装修。夜以继日，仅仅两个月时间，他就完成了装修。装修时，他选择了环保材料，每个房间都放上两台空气净化器，在搬入之前，他主动邀请家长检测甲醛，家长放心了，他才搬进去。原来的办公室就成了他单独用来培训老师的场地，他新招聘一批年轻的英语专业老师，授课之前先给他们进行一个月的培训，让他们完全熟悉教学体系才能上台授课。

世上无难事，只怕有心人，何军的培训班正式成了培训机构。我家小孩在他那里试听之后，我当场就报名缴费，那时他手里正式报名缴费的学生是八十多人，到了那年冬天，学生人数就达到了三百人。

一切都向好的发展，培训机构的名气越来越响了，来报名的学生也越来越多。先缴费再上课，这是参加培训的基本流程，有些家长为了让孩子参加培训，自己可以少买衣服，可以少与朋友聚餐，也不能让孩子输在起跑线上。可以说，在那个时候，在很多城市里没有哪个孩子不报培训班的，即使不是报英语、奥数等学科类的培训，也会报舞蹈、篮球、钢琴、美术等各种兴趣班的。有些孩子刚从学校里放学回家，匆匆吃几口饭就被拽到培训机构了；周末本来是孩子们轻松玩耍的时光，但是他们想睡个懒觉的机会都很少，大清早就被家长拽起来，他们得在培训机构里度过，有些上午学英语，下午学奥数，晚上学钢琴或者篮球，等等。孩子们不是在这个教室，就是在那个教室。家长工作日在单位忙前忙后，到了周末又要带着孩子奔走在各培训机构，有些孩子由于报的课程比较多，周末比平日更累。家长之间也是铆足了劲攀比，谁家孩子报了某科课程，自家孩子也得赶紧报上，生怕一不小心就输在起跑线上了。

何军的培训机构走上了快速道，四间教室不够用，他又从旁边租下四间，即使租金高，他也毫不犹豫地掏钱租下。授课老师、招生老师、助教、后勤等人员陆续扩充。何军在北京租了一套大房子，把老婆和两个女儿都接到北京来，让老婆负责财务，把大女儿送进小学，小女儿送到幼儿园。后来培训机构太忙，常常要到晚上九点半才下班，也又把自己的母亲接到北京来负责接送两个女儿和洗衣做饭。

培训市场越来越红火，国内头部培训机构的股票都在海外上市，市值屡创新高，何军的培训机构也越做越大，很快又在另外一所小学附近租了一个场地作为培训机构第二校区。何军很忙了，我送儿子去上课也鲜见他，不过偶尔遇到了，他也会很客气地请我去他办公室喝茶聊一会儿。

何军的座驾从原来几万块钱国产车换成了价值百万的进口豪车，穿着上下也都是名牌了。我有次问他在北京什么时候买房，他说自己社保不够，暂时也不考虑在北京买，觉得房价太高了，何况自己没有北京户口，女儿读初中时就要提前回湖北上学，否则没法在北京参加中考和高考，他计划在武汉买房。

何军的第二个校区，我没有去过，但他的第三个校区，我去看了好几次，因为离我家比较近，我还计划让儿子去这个新校区上课，他私下说还是在老校区好些。我问他为啥，他说老校区的老师经验丰富。我明白了他的意思。新校区墙上挂着"教师风采"，上面介绍这些老师或是来自国内C9名校或是全球TOP100名校留学归来的，我曾与几位老师见面聊过天，当聊到他们毕业的学校时，发现他们闪烁其词，懂得还没有我多。被北京家长誉为"宇宙培训中心"的海淀黄庄是教育培训聚集地，方圆几公里内，各式各样的校外培训机构，星罗棋布，据说不低于一千家。我有几个朋友就在这里开设了培训机构，其中一个有次酒后就亲口对大家说，那些名校的毕业生工资太高，对于培训机构来说节省成本很重要，只要是英语专业的、口语好的都可以，然后给这些老师的简历"包装"一下，让家长觉得这老师很厉害。

按照相关规定，凡是学科类的培训机构都需要所在地教委颁发相关培训资质才行，但是此时的培训市场如火如荼，乱象丛生，不说大部分，至少有一半机构是没有学科类培训资质，而且很多授课的教师并没有教师资格证书。何军的培训机构也是如此，他一直想申请资质，但总因这样或那样的原因没有申请下来。尽管有些培训机构违反了国家的相关政策，由于市场需求旺盛，有些培训机构确实有自己的特点，所以并不妨碍家长带着孩子蜂拥报名。

到了2019年的夏天，何军的培训机构学生高峰期达到了两千名。何军见到我时却是满面愁容，说学生多，排课都头痛，教室不够用，找了好几个地方都没有合适的场地作为新校区。我笑着说别人因赚不到钱发愁，你却是钱多得发愁。何军一本正经地跟我说这几年虽然挣了不少钱，但是自己并没有存下什么钱，前面赚的钱投入新校区，新校区赚了点钱又投入下一个新校区；为了招生，投入的广告费也高，给负责招生的员工奖金也高，人员增加，薪资支出是一笔不小的数目；由于赚钱比较快，他和家人在花钱方面也大方了很多。

我与他认识好几年了，可以说已经是无话不谈的朋友了。我就笑着说："你这是诉苦，再怎么花也不至于手里没钱啊，我又不找你借钱。"

何军说老家出了点事，花了不少钱。他说到这里见我感兴趣，就继续说下去。

原来他的小舅子，也就是他老婆的弟弟在大学毕业之后，与几个同学一起创业搞了个五金互联网，就是专门在网上卖五金的，听说做得还可以，去年突然给他来电话说要拿一批货需要交保证金，自己公司的钱不够，问他能不能周转一笔款。何军就跟老婆说这个事情，他老婆一听金额很大就不同意，说这笔钱是准备用来到武汉买房的。没想到他小舅子接二连三来电话，信誓旦旦地说就周转一周，保证不耽误他买房子。何军想想小舅子在外面创业也不容易，从来没向自己开口借过一分钱，这次确实急用，所谓救急不救穷，自己现在又不是没钱，如果能帮助一下小舅子，也是做姐夫的责任。于是，他就给老婆做思想工作，还说："很多女的都是'扶弟魔'，恨不得都把家产掏空给自己弟弟，你可好了，弟弟只是借去周转一个礼拜，又不是赠送给他，不要搞得这么小气。"他老婆在他的一番思想工作之后，就把款给她弟弟汇了过去。谁知，一周之后，他弟弟来电话说再等两天；过了两天又来电话说出了点状况再等一周；再一周之后，没来电话，打电话过去问，说再等等。就这样拖了一个月，还没还钱来，他和他老婆就觉得事情不对劲了，就打电话仔细盘问才知道，他小舅子合作的那家公司管理层出了事，公司账户被冻结了，他小舅子汇过去的保证金也被冻结在里面，要等相关事情调查清楚之后才能解冻。这下就麻烦了，不知道要到何年何月，何军和他老婆急得团团转也无济于事。就这样，那笔款一直到现在还没有解冻，何军在武汉买房的计划也只得搁置。

何军说到这里也是满脸无奈，说现在他老婆动不动就数落他，说他不应该把钱借给她弟弟。同时，他又告诉我，屋漏偏逢连夜雨，小舅子的事情刚发生没多久，他在老家的父亲出事了。

何军和老婆忙不过来时，就想把父母接到北京来照顾小孩，谁知他父亲不愿意来，说去城里住不习惯，要在家种地。结果，有天晚上，他父亲起夜上厕所摔倒了。农村的厕所大部分都在住房的外面，他父亲舍不得开灯，摸黑去的，不小心绊着凳子摔倒晕了过去。到了早上邻居起床开门才发现他父亲倒在地上，赶紧跑去一看，发现呼气微弱，想爬却爬不起来，忙打电话叫救护车，又给何军打电话。何军一听吓着了，就赶紧给姐姐打电话，他姐姐住在县城，姐夫在武汉打工。他姐姐立即租了一辆车赶到乡下，救护车也来了。到了县人民医院检查，他父亲不仅有"三高"（高血压、高血糖、高血脂）等疾病，还有心脑血管疾病，又转院到市人民医院做了心脏支架手术。当时国家医改还没有推出支架报销新政策，用的还都是进口器材，所以整个手术做下来花了不少钱。为了照顾他父亲，他母亲只得回老家，让俩老人住在他在县城的房子里，这样离他姐姐家近一些，有什么紧急事情，他姐姐也能及时照应。

何军说以前认为城里人餐餐大鱼大肉容易引起"三高"，没想到现在农村里面也有部分老人有这种疾病，而且心脑血管疾病患者也有。由于"新农合"报销有限，家庭条件差的，一次手术下来就返贫了。现在他父亲是定期去医院体检，天天不能离药。

何军苦笑着说："这样折腾下来你说我手里还能有啥钱？我买那辆豪车也是为了充个门面，现在培训机构遍地开花，我得让家长都知道我有实力。培训机构里面有各种课程，根据课时不同，收费也是几百元、几千元、几万元不等，对家长来说花几百几千不担心，但遇到缴费多的时候，他们就会谨慎，网上都在报道有一些机构收一波钱然后跑路的。不显示自己实力，那些家长怎么放心一次性交几万块钱呢？咱们不像有些机构老板，他们有各路资源，能邀请到有实力的公司和名人给他们背书，咱们就只能靠自己。"

听了他说的，我感谢何军的坦诚，也感慨他的不容易，作为农村家庭出身的他有很多牵绊，在每次想腾飞的时候，总是有一根无形的绳子在拽着他。现实与理想之间总是有距离的。

2019年下半年，因为学习安排，我把儿子送到海淀黄庄一家朋友的培训机构学习，与何军就联系得少了，只是相互朋友圈点赞。

2019年冬天，我从他朋友圈里面看到，他又租下了一个场地，准备作为第四校区，面积非常大，从照片上可以看出来，装修应该是花了不少钱。我发微信预祝他第四校区开张大吉，他回信息告诉我，第二校区位置不太好，几次检查消防等方面不合格，重新改造成本比较高，他计划明年转租出去，把第二校区的学生都搬迁到这个新校区来，把这里作为新的第二校区。我说这儿面积很大，费用不少。他没有直接回答，而是说签了五年租约，一次性交了两年的租金，加上装修费，花了不少钱，把学生预付的明年的学费都花了。我回复说："有魄力。"他回了一句："人有多大胆，地有多大产。"

2020年的春天很冷，何军的培训机构遇到了意想不到的"寒流"，在春节过后开启的新一波招生计划被迫停止，外面没有钱进来，而对外支出的费用不少，四五十名员工的工资让何军压得喘不过气来。到2020年的夏季，在何军都快撑不住的时候，终于可以开门授课了。他重启新的招生计划，发动员工积极开拓市场，邀约家长带孩子们来听课，又推出一系列报名优惠措施。但是，事与愿违，由于受到各种因素影响，招生并不顺利，低收费的课程有学生报名，高收费的课程却鲜有学生。对于培训来说，低收费其实是不赚钱的，属于引流产品，赚钱的主要是靠高收费的课程。由于受社会环境的影响，家长的经济收入在这半年受到了很大的影响，大家花钱谨慎多了，不再像以前那样眼都不眨一下掏出一两万块学费。老的第二校区场地是五年租约，却一直转让不出去，房东多次催他交下一年的租金，他只有拖着。新的第二校区却空置了一大半，学生招不满。

何军虽然压力很大，但他并不担心，中小学生培训是"刚需"，只要再坚持半年，大家收入稳定了，市场就会立即好起来。同时，有些规模较小的培训机构在春天的"寒流"中倒下了，他认为这是一个好契机，那些机构的学生迟早要回流到他这种大机构里面来的。所以，他没有裁员，而是继续推出各种低价课程来引流。

2021年的春天，我在何军的朋友圈看到他发了几组学生火爆报名现场照片，还配了四个字"春暖花开"。我在下面给他点了赞，并附上四个字"牛气冲天"。他给我回了一句"有空来喝茶"。我回了一个"好"。

然而，这种火爆的场景只是昙花一现，一项新政让国内所有校外培训行业措手不及。2021年7月24日，校外培训迎来"最强寒冬"，国家发布了《关于进一步减轻义务教育阶段学生作业负担和校外培训负担的意见》，也就是大家常说的"双减"，文件里面提到校外培训机构不得占用国家节假日、休息日以及寒暑假组织学科类培训，不得提供拍照搜题，不再审批新的学科类培训机构，不得上市融资。"双减"政策的出台，不仅引发国内头部教育机构的股价暴跌，一泻千里，校外培训机构哀鸿遍野。各地严查校外培训机构，尤其是针对中小学生的学科培训机构更是重点查处对象。一夜之间，学生退课退费，培训从业人员离职，培训机构大面积关门。

何军一夜之间白了头，一大群家长挤在培训机构门口要求退费，他哪里拿得出钱来退费。他只有安抚家长，写下一张张欠条。他甚至把豪车都抵押了，用来支付员工的遣散费。

海淀黄庄一夜之间变得安静了，我几个在那里开办培训机构的朋友，也是关门大吉，"断臂离场"。有一个朋友当初为了拿到投资，还签下了对赌协议，结果投资方退出，他自己卖房卖车，还欠下高额债务。

这时，何军的大女儿已经在上初中，由于没有北京户籍，不能在北京参加中考，同时也为了节省开支，何军的老婆就带着两个女儿回老家上学，他独自留在北京。

培训机构的三个校区，或提前退租，或廉价转让，在第三校区退租时，由于在我家附近，我当时也过去了。我陪他站在马路边，看着工人把门头上的招牌拆下，他抽了一口烟，说了一句："一切都像一场梦！"

我问他："有什么新的计划？"

他说："看看装修方面能不能找点业务，有些家庭的厨卫改造，可以接一接，这种业务不需要办公场地，在网上发布一些消息，有客户来电话了就去现场查勘，确定能做的话，比如刮腻子、贴瓷砖，这种活我自己也可以做，不需要请工人。我这辆车虽然抵押了，但是银行没有把车拉走，只是押着车辆登记证，我前段时间已经注册了滴滴专车，如果没有装修的活，我就跑跑滴滴。另外，我也到几家婚庆公司那边登记了，我这车作为婚庆用车跑一趟有一千块钱。反正现在是自由职业者了，只要有挣钱的活儿，都干。为了生活，负重前行！"

我拍了拍他的肩膀，鼓励道："一切都会好起来！"

他点了点头，说道："但愿！"

如今已经两年过去了，尤其是今年，我从他的朋友圈看得出来，他很忙碌，每个月都会晒几张房子装修的照片，他已经不仅仅只做厨卫改造了。

想到这里，我翻到他的朋友圈，今天上午他发了一条信息：亦庄学区房精装，开工大吉！信息的下面配着一张照片，是业主夫妻捧着鲜花，他戴着安全帽站在旁边，三人微笑着，墙上挂着一个横幅，写着"恭祝贵府开工大吉"。

我仔细翻看了他的朋友圈，这个月他已经发布了四条"开工大吉"的信息。每张照片里面，他笑得最灿烂！

在漫长的人生旅途中，我们每个人都怀揣着属于自己的理想，那是心中璀璨的星辰，照亮着前行的道路。我们曾满心热忱地为理想而奋斗，日夜兼程，不知疲倦。就像何校长，怀揣着在培训市场做大做强的梦想，却在各种因素的压力下，不得不黯然收场；理想很美，但现实往往残酷，两者之间的距离，让我们在人生的道路上不断反思、成长。

印厂业务员朱珠

朱珠很胖，用她自己话说是"喝水都长肉"，是北京一家印刷厂的业务员，同时也是一家代理记账公司的老板。她是子禾介绍给我认识的，后来我们公司的印刷业务就交给她做，她为人很热情，工作认真负责，我们临时要加急印制书籍，她会亲自在印厂盯着工人，准时完成任务。

朱珠是北漂二代，从小就随她妈妈来到北京，一直住在亦庄。她说自己小时候来亦庄，周围是工厂、村庄和田地，现在都已经变成到处都是高楼大厦的高新技术产业区了，三十多年来，自己在北京还没有一处自己的房子，她住过的地方，从工厂宿舍到村里民宅，再到城中村，现在租住在一个安置小区内。她曾有几次在北京买房的机会，可惜都错过了。

朱珠来北京的故事要从她妈妈说起，她老家在河北沧州下面的一个小镇，她妈妈高考落榜的第二年就与朱珠爸爸结婚。朱珠爸爸与朱珠妈妈是高中同班同学，长得非常帅气，读书不行，经常与一些社会青年瞎混，属于那种家长懒得管、老师不敢管的学生，他癞蛤蟆想吃天鹅肉，喜欢班里学习成绩好的班花，结果班花考到北京读大学，他还死皮赖脸地去纠缠人家。那时，考上大学就是铁饭碗，班花怎么能看上他呢？就说了一大堆打击他的话。他受不了，就天天躲在家里酗酒。朱珠妈妈长相一般，却对朱珠爸爸暗恋已久，两家住的地方也不远，她就去安慰，一来二去，两人就好上，第二年办了结婚酒。

朱珠妈妈本来以为自己遇到了白马王子，结婚之后才知道，朱珠爸爸根本就不爱她，他没本事去追求班花，就把老实本分的朱珠妈妈作为发泄对象，不管是在家还是在外面，只要遇到不顺心的事情，就把朱珠妈妈打一顿。朱珠妈妈太爱朱珠爸爸了，每次都是忍气吞声，认为等有了孩子，朱珠爸爸就会有责任感了，就会改掉这个毛病。可惜她想错了，朱珠妈妈怀着朱珠时，挺着大肚子在工厂干活、回家洗衣做饭，甚至大雪天住的地方停水，要步行一公里之外去打水，朱珠爸爸都无动于衷。朱珠妈妈做饭时，只要不合朱珠爸爸的口味，立马就会得到一记耳光，甚至拳打脚踢。

朱珠出生那天，得知是女孩时，朱珠爸爸当场扭头就走，把朱珠妈妈和刚出生的朱珠扔在镇医院不管不顾。幸好，朱珠姥爷和姥姥得知消息，赶来照顾。朱珠妈妈在家坐月子的一个月，朱珠爸爸跟死了一般，竟然没见到人，朱珠妈妈想让朱珠姥爷去找找，她姥爷早就恨死了朱珠爸爸，眼不见心不烦，乐意见不到这人，才懒得去找呢。朱珠爷爷奶奶重男轻女，也只是抓了一只老母鸡过来看了一次，就再也没有上门，还说儿子成家，就与父母算是分家了，他们也管不了这么多，各过各的日子。

　　朱珠出生两个月之后，她爸爸才从外面回来，说是跟朋友去河南灵宝挖金矿，金矿老板太苛刻，都是私人开采的矿，工作很苦，又经常出事，他就跑回来了。朱珠的出生并没有换来她爸爸对她妈妈的好，反而是变本加厉。家暴变成了家常便饭，社区工作人员和当地派出所都几次找上门来警告她爸爸。但是朱珠妈妈反而帮着她爸爸说好话，说只是夫妻间的小打小闹。朱珠姥爷和姥姥也多次跟朱珠妈妈说离婚算了吧，这样下去迟早会被他打死。但是朱珠妈妈死活不愿意，她舍不得离开朱珠爸爸。

　　朱珠自记事起，只要见到她爸爸就跟耗子见到猫一样，她爸爸虽然不打她不骂她也不疼她，但是她害怕爸爸打妈妈，每次妈妈被打在地上嚎哭，她蜷缩在房间里无能为力。她不敢离开房间，等爸爸打累离开之后，她要把妈妈扶起来，拿毛巾去给妈妈擦眼泪。

　　到了朱珠五岁时，她爸爸对她妈妈还是非打即骂，周围的邻居也都见怪不怪了，甚至私下议论她妈妈是不是脑子有毛病，这么坏的男人有必要跟着吗？

　　她爸爸这时是在一个镇办厂里面打工，负责跑运输，就是每天把货送到周围几家合作的代销点。有次送货可能装车时清点有误，也可能在路途上厕所时被人偷了货，到了送货点，数量对不上，回来之后被老板狠狠地骂了一顿，还扣了工资。那天，正巧朱珠妈妈去与一个在北京打工回来的好姐妹见面，回到家有点晚，朱珠爸爸回来时发现饭菜还没做，正好有一肚子气没地方发泄，一手拽着她妈妈头发拖在地上，然后就是一顿拳打脚踢。那次下手太重，她妈妈的头发都被薅下来一大把，有一小块头皮都被拽了下来，满头是血。第二天，朱珠妈妈的那个好姐妹来她家玩时，见朱珠妈妈鼻青眼肿，头上还裹着一块纱布，气得从厨房拿起菜刀说要把朱珠爸爸杀掉算了，太不是男人了，哪有这样欺负人的。朱珠妈妈抱着好姐妹痛哭，说自己爱他，认为人心都是肉长的，时间长了他就心软了，就不会打她了，朱珠也还小，如果没有爸爸怎么办，自己与他离婚又能去哪里？好姐妹当场就说这种狼心狗肺的人是永远不会变好的，把朱珠放在姥姥家，跟她去北京打工吧，她是北京一家印刷厂的装订工，现在印厂业务量大，正在招工。朱珠妈妈说舍不得朱珠。好姐妹说："你先去工作一段时间，等工作稳定了，再把朱珠接到身边去，你要是不离开这个人，迟早会被打死。"朱珠妈妈在隐忍了六年之后，在好姐妹的劝慰下，终于同意去北京打工，但她舍不得离婚，她还想给那个男人一次机会。

朱珠妈妈来到北京之后，在好姐妹的介绍下，顺利进入了印刷厂，成了一名装订工，每天负责书刊的装订工作。整个车间的工人都是来自外地的，大家背井离乡来这里打工，相互照顾，过得既忙碌又快乐。朱珠妈妈躺在工厂提供的宿舍里面，对好姐妹说她五六年没有这样轻松了，以前每天说话做事小心翼翼，生怕迎来拳打脚踢，现在终于可以睡一个安稳觉了。

朱珠妈妈在厂里工作很努力，表现很好，老板还给她涨了工资。她之前连沧州市都没出过，现在到了北京，接触到很多人，长了见识，也明白自己应该为谁活着了。过年回家时，她主动提出与朱珠爸爸离婚，当时她还问朱珠："不要爸爸可以吗？"结果朱珠说再也不想见到爸爸了，她在姥爷姥姥家这半年时间，她爸爸就没有来看过她一眼。让朱珠妈妈意想不到的是，朱珠爸爸居然反对离婚，坚决不同意，朱珠妈妈终于硬气了一回，直接向法院起诉离婚，在提供了一大堆家暴证据和证人之后，朱珠妈妈顺利拿到了离婚证。

朱珠到了上学的年龄，朱珠妈妈想把她接到身边来，舍不得与女儿长期分离，于是通过印刷厂的老板帮忙出面跟村里小学协商，小学同意接受朱珠来读书，于是朱珠就被她妈妈接到北京来，与朱珠一起入学的还有厂里的另外几个工人的子女。印刷厂提供的是员工集体宿舍，为了不给厂里添麻烦，朱珠妈妈就在旁边村子里租了一间民房，两人开启了新的生活。后来虽然有人也给朱珠妈妈介绍过对象，但是朱珠妈妈没有同意。

朱珠在北京第一次拥有房子的机会是在2000年左右，由于受北京高考政策限制，朱珠那时被送到老家姥爷姥姥家读高中，她妈妈依然还在那家印刷厂工作，也依然在村里租房住。那年放暑假，朱珠坐长途汽车来到北京陪妈妈，她妈妈告诉她一个消息，说村里有些民房私下售卖，费用不高，一套三间瓦房只要五六万块钱，这比城里那些楼房动不动五六十万元一套要便宜很多，这民房唯一的缺点是这种买卖不受法律保护，国家有规定，不是当地村民是不允许买卖和过户的。买这房子，只能是私下签订协议，拥有房屋的使用权，没有房屋的产权，如果遇到将来拆迁赔偿的话，也要按一定比例分配。

朱珠还是个高中生，对这些也不懂，就不敢做决定，就让她妈妈自己决定。她妈妈考虑她姥爷姥姥年龄大了之后要回去照顾，想在老家县城买房，终究这五六万块钱，在老家县城也能买一套好房子；在这边村里买房签订的是买家与卖家之间的私人协议，这合同随时可以作废的，怕竹篮打水一场空。虽然有一些工友也买了，印刷厂老板买得更多，但是朱珠妈妈还是不放心，这是自己这么多年前辛辛苦苦攒下来的钱，还真不敢赌。就这样，考虑来考虑去，最终还是放弃了。

谁知道，才过了短短三年时间，她妈妈租住的这片村就被列入了拆迁范围，这边要大开发。此时的朱珠已经是北京一所普通高校的学生，学的是会计专业。就这样，朱珠和她妈妈看着这片村庄被拆掉，村民都搬进了宽敞明亮的安置小区，那些之前私下购买民宅的工友，大部分也顺利地从房主手里按照约定拿到了拆迁款，由于补偿费用高，是原来购房款的好几倍，这些分到拆迁款的工友立即在附近买了商品房。当然也有个别房主拿到拆迁款之后，舍不得分钱给私下购买房子的人，甚至打起来官司，闹到了法院，由于这种买卖合同不受法律保护，被判合同无效，房主退还原来的购房款。但法院也有人性的一面，考虑到这些购房者的实际情况，判了房主向购房者支付一部分补偿。这部分购房者，虽然没有像大多数人那样得到想要的款项，但是终究没有竹篮打水一场空。

朱珠妈妈看到那些工友搬进商品房，既羡慕又后悔，只能自我安慰地对朱珠说"这是命啊"。而朱珠安慰妈妈说"没关系"，等她毕业了挣钱给妈妈买更大的房子。她妈妈笑着连说"好好好"。

朱珠妈妈原来租住的地方很快就建起了一栋栋写字楼，幸好印刷厂还没有搬走，周围还没有拆迁的村庄变成了城中村。为了满足日益增加的租房市场，也为了将来拆迁时能多得到赔偿，房主们纷纷把一栋栋平房变成了两三层、三四层的楼房，临街的一楼都变成了商铺，租给外地人开面馆、小吃店、便利店、杂货铺等等。朱珠妈妈就在一栋楼房的三楼租了一个房间，后来朱珠大学毕业了，在亦庄的一家科技公司里面工作，她妈妈又把旁边的房间租了下来给朱珠住。

朱珠在北京第二次拥有房子的机会是在2007年，那时朱珠工作没多久，在公司谈了男朋友，两人关系非常好，朱珠妈妈见过那男孩，也很满意。两人商量北京奥运会之后就举办婚礼。既然都奔着结婚去的，那就开始考虑在北京买房子，那个时候在亦庄的房价并不高，朱珠妈妈工作这么多年，也没回老家买房，手里也攒了一些钱。男孩家也是外地的，经济条件相对好些，男孩主动提出自己家掏钱买房，到时让朱珠拿些钱出来装修和买家具就行。于是，朱珠和男朋友那段时间一到周末就跑各个楼盘，只要看中满意的，男孩的父母就来北京付款购买。

大概就这样看了十几个楼盘，一天，有个售楼小姐无意中问到两人的户口时，朱珠没多想，就直接告诉对方自己户口在老家，大学毕业之后没有找到能解决户口的单位，就退回到老家沧州了。男孩是在外地念的大学，毕业后来北京，他的户口也在外地。本来这是很平常的事情，大家都知道在北京落户非常困难，但是那个男孩却瞬间就脸色变了，原来他一直以为朱珠是地地道道的北京人。离开楼盘之后，男孩特别生气，认为自己被朱珠骗了。而朱珠解释说他从来也没问过自己，也跟他说过自己老家是在沧州。就这样，两人第一次拌嘴。过了几天，男孩正式通知朱珠，两人分手，他爸妈不同意他与朱珠结婚，他爸妈的要求是必须娶一个拥有北京户口的儿媳妇，这样以后小孩也是北京人。朱珠听到分手的消息，当场就蒙了，原来这个男孩对她的好，是认为她有北京户口，而不是真正爱她。她问男孩爱她吗，那男孩说爱又有什么用，他是一个很现实的人。看到男孩绝情转身离去，朱珠伤心地在家躺了三天三夜，这是她的初恋，她已经把这个男孩当成了自己的生命，没想到因为一个北京户口，就被对方决绝地抛弃了。房子自然就不买了。一个月之后，朱珠就辞职换了另外一家公司，她不想天天见到那个男孩，每次见到心如刀绞。

北京奥运会之后，北京房价出现了回调，很多人趁这个机会入手买房了，朱珠妈妈见朱珠工作稳定，自己手里也攒了些钱，就决定也出手买套房，交个首付，然后娘俩一起打工还贷，在北京有个属于自己的窝，心里也踏实。朱珠妈妈其实心里也在想，自己女儿在北京有套房，以后谈对象也有优势。住的城中村附近都在大搞建设，一个个新楼盘拔地而起，朱珠妈妈在这一带住了十多年，也有了感情，就想在附近买房，于是只要有空就去各楼盘转，比较价格，比较物业服务，比较小区环境等等。就在朱珠与她妈妈选好房子、准备签合同时，老家出事了。

朱珠的姥爷和姥姥都已经有七十岁了，身体很健朗的，朱珠姥爷年龄大了也没有闲着，给当地一家工厂守仓库，每个月有固定收入，够两位老人生活开支。平时朱珠妈妈给两位老人寄生活费，他们都不要，说自己钱够花，让她把钱攒着给朱珠用。这天，朱珠姥爷下班回来，吃完饭正在看电视，突然觉得心脏一阵绞痛，呼吸困难，朱珠姥姥吓得忙请邻居开车送去医院。一番检查下来，朱珠姥爷犯有严重的心肌梗死，血管堵塞已达90%，需要立即动手术，并且还检查出白肺病。原来朱珠姥爷身体这几年并不好，只是他自己一直隐瞒，常常干咳、胸闷，他以为是自己守仓库坐在那里运动少的原因，所以每天上下班也不骑车，都是步行，说是锻炼身体，而实际上这就是白肺病的症状。

朱珠姥爷有一儿一女，朱珠那个舅舅结婚生子没几年就因一场意外离世了，她舅妈带着儿子改嫁到邻县，就再也没有回来看过两位老人了。朱珠姥爷姥姥的老年依靠只有朱珠妈妈。朱珠和她妈妈本来计划第二天就去楼盘交押金签合同了，听到姥姥打来电话，心急如焚，当晚已经很晚，没有回去的车了，第二天大清早两人就匆匆坐上长途大巴车赶回去。由于给姥爷治病需要一大笔钱，第三次买房计划搁浅了。

朱珠姥爷先是在沧州当地治疗，后又接到北京来医治，她妈妈那段时间请假，把所有的精力都用来照顾她姥爷。她妈妈不放心她姥姥一个人在老家，就把她姥姥也接到北京来，这样一家四口住在一起。屋漏偏逢连夜雨，船破又遇顶头风。才过了一年，她姥姥身体也出了问题，到医院检查，与她姥爷一样也是白肺病，并且都是晚期。原来朱珠姥爷和姥姥以前在一家化工厂工作了二十多年，当时有些企业没有安全环保意识，很多工人在工作时都没有注意有效防护，时间久了，对身体形成了很大的伤害。

朱珠姥爷和朱珠姥姥先后数次住院，在病痛折磨了三四年后，先后离开了她们。这几年的医疗费，也快把朱珠妈妈攒的那些钱掏空。这几年的时间，朱珠没有心思去谈恋爱，也没有经济实力去买房子。

生活好似回到了原点，送走姥爷和姥姥之后，朱珠和妈妈返回北京的城中村小房间，两人相对无言，但逝者已去，活着的人还得继续生活。朱珠妈妈继续回到印厂工作，而朱珠也依旧上着班。许多事情真实发生过，却在繁忙的生活节奏下，又似乎从未发生过。

此时的朱珠已经年过三十岁了，她妈妈才发现自己的女儿成了人们口中的剩女，在北京这座城市三十来岁未婚其实是很正常的，但是对于朱珠妈妈来说，朱珠的婚姻事不宜迟。于是，她妈妈开始不停地通过各种朋友来物色未来女婿，也催朱珠要主动与一些男生交往。还常常对朱珠念叨，网不撒出去，哪来的鱼。

功夫不负有心人，在不低于三十次的相亲之后，朱珠终于遇到了一个合适的人。那个男的叫蒋华，比朱珠大一岁，长相一般，但是人很高大，能说会道，来北京工作好几年了，是通州一家印厂的业务员，收入还不错。朱珠自己长得也一般，在那么多次的相亲中，大部分是别人拒绝她，一是觉得朱珠家境条件太一般了，二是觉得朱珠长得也太一般了。大龄未婚男的和大龄未婚女的，被剩下来，有一部分原因就是对找对象的要求比较高，并且还总喜欢拿新认识的与之前的进行对比，总想找个能超过之前谈过的所有对象，家境好、长相好、脾气好、学历高等等。所以，被拒绝多次的朱珠，在蒋华的热烈攻势下，很快两人如胶如漆。

蒋华是业务员出身，为人热情，很懂礼貌，朱珠妈妈也非常认可这个未来女婿，为女儿能找到如意郎君而感到高兴。蒋华有一辆日系合资车，每个周末都带着朱珠出去玩，有时也邀请朱珠妈妈也一起去。朱珠妈妈见两人也老大不小了，就催促两人赶紧把证领了，她对蒋华没有别的要求，不要求他买房，不要求他给彩礼，只要他对朱珠好。

那年中秋节，蒋华和朱珠提前请假回老家领证，并且商量年底腊月二十多的时候再回老家办酒席，那个时候亲朋好友都回家过年，办酒席热闹。蒋华老家在河北衡水，离沧州不远。领结婚证只需要到双方中的任何一方的户籍所在地办理就行，于是朱珠带上户口簿跟着蒋华去衡水，这也是她第一次去蒋华老家，丑媳妇总得见公婆，朱珠只是通过电话与蒋华的妈妈说过几次话，还没有见面呢。到了蒋华家已经傍晚，他爸妈做了满满一大桌菜在等着他俩，见到朱珠上下打量，非常满意。蒋华老家虽然是在农村，但是家里的房子在几年前就进行了翻新，大彩电、冰箱、洗衣机等都是一应俱全，蒋华的卧室摆着两米宽的席梦思大床，铺上新被褥，布置得很漂亮很温馨。朱珠没想到蒋华父母对她这么重视，非常感动。

在朱珠庆幸自己找到一个好归属时，第二天在县民政局婚姻登记处办理结婚登记时却出现了插曲，原来两人把登记材料交给工作人员时，工作人员对蒋华说还缺一个离婚证。朱珠当场就说我们是来结婚的，工作人员说男方属于离婚再婚需要提供之前的离婚证。朱珠脑袋像瞬间炸了一下，惊慌失措，她看着蒋华。蒋华满脸尴尬，也不解释，而是对工作人员说户口簿上面都已经写着"离"了，怎么还需要离婚证呢？工作人员说这是规定的流程，因为这是要存档的。这时工作人员显然也从朱珠的表情里面得知，她不知蒋华曾经结过婚又离婚的情况，就边整理材料边自言自语说结婚需要双方坦诚相待。朱珠气得当场就往外面走，蒋华拿着材料就跟了出来。

朱珠气得沿着马路一直往前走，蒋华在后面追。朱珠大脑一片空白，她没想到天天说爱她的人居然欺骗了她，并且是隐瞒了之前离过婚的这么重要的事情。她不顾蒋华的拉扯，使劲往前走，出了城来到一条河边，她实在压不住内心的委屈，趴在河边的栏杆上失声痛哭。蒋华站在旁边一支烟接着一支烟抽，直到朱珠都已经哭得有气无力时，他才开始解释。

蒋华在五年前与同乡镇的一名女子结婚，婚后不久生了一个白白胖胖的儿子。两人谈恋爱时感情很好，也很少吵架，但是结婚之后，尤其是生了儿子以后，两人常为了鸡毛蒜皮的事情争吵，女的常数落蒋华没出息，总拿他与周围村里的一些男的比较。蒋华当时在县里一个厂子里面上班，收入确实不高，但自己又没有别的发展机会，也只能任由妻子冷嘲热讽。他儿子一周岁时，女子弟弟要结婚，女子娘家就要蒋华拿十万块钱出来，说是给小舅子结婚用。别说十万块，就是一万块，蒋华那个时候也拿不出来。为了结婚，他把房子翻修，又添加了家具家电，都已经花了不少钱，而且结婚时给女子娘家拿了十二万八的彩礼。这个时候再让他拿十万块钱，他就是找亲戚借也借不到。何况，小舅子结婚，怎么能让姐夫掏钱呢？女子见蒋华不愿意掏钱，就用离婚来威胁。蒋华回想自结婚以来，这女子仗着自己生了个儿子，在家趾高气扬，不仅骂他，对他的父母也是不顺眼就说几句风凉话。见女的威胁他，他本来就在气头上，就二话不说把婚离了。那个时候，儿子才一岁多点，自己和父母肯定照顾不周全，而女子也不愿意把儿子给他，就这样抱着儿子回了娘家。过了段时间，蒋华在小学同学的介绍下，来到北京发展，到印刷厂里面做业务员，负责拉印刷业务。

蒋华到了北京工作，由于所在的印刷厂印刷质量过硬，在京津冀一带有一定的知名度，在业务开展方面也相对容易，加之蒋华能说会道，客户对他也很信任，所以到北京短短三年时间，他就有点小积蓄，为了谈业务方便，还特意买了一辆车代步，虽然挂的是外地车牌，但出行方便。这车还是认识朱珠前一个月买的。

蒋华跟朱珠解释，他不是骗朱珠，而是前面那段婚姻对他来说就是一场噩梦，他不想去提，认为过去的事情就过去了，不想因为这个事情影响他与朱珠的感情，他是真的非常爱朱珠。他边劝慰边用手轻轻抚摸朱珠微微隆起的肚子，温柔地说保证一辈子会好好照顾朱珠和宝宝的。

朱珠看着自己的肚子，眼泪不由得又流了下来，她又独自走到桥的另外一头给她妈妈打了一个很长的电话。她把这边发生的事情告诉了妈妈。朱珠妈妈听到这消息时，震惊不已。作为过来人，她妈妈说事已至此，只要你还爱他，那就结了吧，以前的事情都过去了，你们过的是新生活。然后朱珠妈妈又让蒋华接电话，蒋华在电话里面不停地认错道歉，不停地承诺一辈子对朱珠好。

朱珠冷静了下来，既然爱他，那就应该包容他。只要两人感情好，就不应该在意这些。朱珠想起自己有个同事，比她还小好几岁，嫁给了一位年长二十多岁的三婚男，过得也挺幸福的。爱情没有距离，只要两人相爱，可以跨越千山万水，也可以冲破千难万阻。只要两人以后过得幸福就行。

朱珠与蒋华在回城的路上，她突然问道，昨晚我们睡的那张床是不是你当年结婚用的床？蒋华这次没有迟疑，而是坦诚交代，不仅那床，家里那些家居家电都是结婚时买的。朱珠想起那张床，突然觉得恶心起来，她说她不想睡在他与别人睡过的床。蒋华听了立即表态等会儿领完证就去家具城买张新床送回去。

那天，朱珠拿到结婚证没有一点喜悦，内心隐隐约约觉得自己做了一个错误的选择，但她又没有勇气放弃眼前这个她爱着的男人。她回到蒋华家里的时候，蒋华的父母在蒋华回来拿离婚证时已经知道发生的事情，蒋华妈妈拉着朱珠的手一个劲地说全家都对不起朱珠，以后一定会对朱珠好的。那天，朱珠感觉周围邻居看她的眼神，不再是她昨天来时想象的那种欢喜，反而觉得这些人是在嘲讽她。朱珠没有心思留在那里玩了，次日就找借口与蒋华一起开车回到北京。在对蒋华知根知底的乡亲们面前，朱珠觉得自己抬不起头，只有回到北京这个大都市，在这个谁也不了解谁的地方，才能给自己找回尊严。

朱珠没有与蒋华再回老家举办婚礼，她不想面对那些乡亲们，何况蒋华老家还有讲究，头婚与二婚在举行婚宴时在形式上有很大区别，朱珠更不想回去办理了。反正已经领证，何况临近春节，朱珠的肚子也越来越大，出行也不方便。

蒋华对朱珠确实非常好，刚过了春节，就在通州土桥附近买了一套小产权房子，有一百平方米，三室两厅。蒋华购买的这套小产权房是在农村集体土地上建设的房屋，其产权证不是由国家房管部门颁发，而是由当地村委颁发，虽然不是市面上的商品房，但是这房价便宜，在一定程度上也解决了不少购房者的需求，不少在北京工作的人由于购房资格或购房资金的限制，纷纷把目光瞄向了这种小产权房。

　　蒋华购买这套小产权房，都是自己攒的钱和借的钱，没有让朱珠掏一分钱。朱珠也过意不去，就自己掏钱承担了装修房。考虑到朱珠要来这新房子里面坐月子，为了避免有甲醛等装修污染，房子只是做了最基本的简装，所以朱珠实际上也没有花多少钱。

　　春暖花开之际，朱珠诞下了一个可爱的小女孩，朱珠妈妈也搬来一起住，担任起照顾朱珠和小宝宝的责任。一家人过着幸福的生活。

　　可惜，幸福而平静的日子很快就打破了，在小宝宝才半岁大的时候，家里来了不速之客。蒋华的前妻听说蒋华在北京买房买车过上了好日子，就通过打听得到地址，带着快五岁的儿子来到北京，直接赖在了蒋华的家里不走。在看到蒋华前妻的那一瞬间，朱珠内心里不由得感到自卑，也不由得暗生危机。蒋华的前妻年龄比朱珠小，长得比朱珠漂亮，穿着方面比居家带娃不修边幅的朱珠胜过许多。蒋华的态度很坚决，让前妻立即走，但是他的儿子抱着他的腿哭，说想爸爸。搞得蒋华左右为难。蒋华前妻就是冲着来北京享福的心态，儿子是她手中的撒手锏，蒋华看在儿子的面上，也不敢把她怎么样。蒋华前妻见有间卧室空着，就直接带着儿子进去住了，大家吃饭时俩人不用喊，就跑过来坐上桌吃饭，吃饭之后就躺沙发上看电视。不管蒋华如何赶她走，她就是不理不问，有时蒋华说话重了，她就一拽儿子，那小孩就抱着蒋华哭着喊爸爸。有理的遇到无赖的。蒋华束手无策，朱珠和朱珠妈妈见他前妻这样，满肚子火气，但又拿人家没办法。待到第三天，朱珠实在是受不了，就打电话给派出所，又打电话给小区的物业，坚决要把人赶走。

在派出所警察的说教下，蒋华前妻答应带着儿子离开，但是说身上没钱，要蒋华给她两万块钱，蒋华一时拿不出来，好说歹说终于同意拿一万块钱就走人。

人走了，朱珠认为终于可以舒一口气了。谁知道，才过了一天，蒋华的儿子又来敲门了。蒋华的前妻根本就没有离开北京，而是在这个小区里面租了一套房子住了下来，决定打持久战了。

半年后，朱珠完败。她抱着女儿和妈妈又回到了亦庄这边，在安置小区里面租了一套二室一厅居住。原来，蒋华对他前妻一直还存有感情，又加上儿子天天来找他，他的父爱泛滥，慢慢地、偷偷地与前妻单独见面。而他前妻太了解蒋华了，一改之前的姿态，对蒋华温柔体贴，嘘寒问暖，有时在小区散步相遇时，故意做着很亲密的动作与蒋华说话，朱珠见到这种情景肯定是非常生气，回到家就免不了要与蒋华吵架。时间一长，蒋华和朱珠的矛盾就越来越大，朱珠妈妈明知道蒋华前妻是故意想挑破两人关系，她也提醒了蒋华几次要离前妻远点，但是蒋华却像变了人一样，越劝他，他反而越要去找前妻，甚至有时很晚了两人还在微信里面聊天。一天，朱珠对蒋华说让他不要带他儿子天天到家里来，男孩子太淘了，经常打扰女儿休息。没想到，蒋华居然愤怒地说出一句话：儿子比女儿重要，这是他买的房子，他想让谁来就让谁来。那一刻，朱珠幡然醒悟，蒋华是重男轻女的，蒋华家里的父母也是重男轻女的，自从女儿出生，蒋华没有说带她和女儿回老家给父母看看，他父母也没有来北京看过这个孙女。朱珠看清了蒋华的嘴脸，看到蒋华与前妻的藕断丝连，她果断提出离婚，遗憾的是蒋华居然没有半分挽留，反而还很期待朱珠提出了这个要求。

兜兜转转，又回到了亦庄。朱珠妈妈在家给她带女儿，朱珠去上班，一切又开始了新的生活。后来，蒋华来找过朱珠几次，朱珠没有理他，他就再也没有来了，连女儿的生活费也没有给。朱珠也懒得问他要。到了朱珠女儿读幼儿园的时候，蒋华又来找过朱珠一次，说接她回去，两人复婚。原来蒋华与他前妻复婚之后又离婚了，他前妻跟另外一个有钱人好上了，把儿子留给了蒋华。蒋华还厚颜无耻地说一家人住在一起，儿女双全，才是真正的家。朱珠冷笑着骂蒋华打着好算盘，不就是想把她骗回去帮他照顾儿子嘛，想得美啊。蒋华见朱珠识破了他的诡计，恼羞成怒地骂了她一句不识好歹。从此，两人再也没有了联系。现在朱珠女儿长大了问爸爸在哪里，朱珠就说："已经死了。"

后来，朱珠得知朋友的公司要印刷一批产品包装盒，比较了好几家没有遇到满意的，朱珠就把她妈妈在的那家印厂的老板推荐给朋友，没想到居然把这个业务谈成了，这是一笔比较大的印刷业务，并且是长期合作，印厂老板也很干脆，按照印刷厂业务员的提成比例给朱珠发了一笔奖金，并且跟朱珠说她就是编外业务员，可以打着印刷厂的名义联系业务，提成一分不少。朱珠妈妈在这家印刷厂工作三十多年，朱珠当年读小学，还是这家印刷厂老板帮忙介绍进去的，现在朱珠女儿读幼儿园了，朱珠妈妈又回到厂里工作。印刷厂老板对朱珠是知根知底，朱珠对印刷厂老板也心怀感恩。利用自己人脉资源为印刷厂拉一些业务，既增加了印刷厂的业绩，也能给自己带来额外的收获，何乐不为呢？

印刷厂的业务给朱珠带来了不小的收益，朱珠所在的公司业绩不是很好，作为会计，拿的都是死工资。对于渴望挣钱为女儿创造好的生活条件的朱珠来说，就不能一成不变了。于是朱珠果断离职，利用自己的会计专业，做了一家代理记账公司，专门帮忙一些小微企业每月做账，收取服务费，同时这些企业有印刷需求，她又将他们介绍到印刷厂这边来。如今，无论是代理记账这块，还是印刷这块，朱珠做得都还不错。

最近，我们有一批书印刷，朱珠送样书来公司时，告诉我，她最近正在看房子，准备买套三室两厅，她妈、她和她女儿，一人一个房间。

朱珠的人生，充满了令人唏嘘的波折。她的初恋，因那一张北京户口，便与她拉开了情感的距离，轻易地放弃了曾经的誓言。

后来走进婚姻的殿堂，本以为是幸福的归宿，却未曾想老公竟隐瞒了之前的婚史，最终还与前妻旧情复燃，无情地将朱珠驱赶出原以为的温暖港湾。

如今，朱珠独自带着女儿努力生活。曾经，她渴望的爱情与美满家庭，和现实之间仿佛隔着一道难以跨越的距离。但她并未屈服于命运的捉弄，而是在这距离之中，奋力挣扎，努力前行。

她用坚强为女儿撑起一片天，用汗水缩短生活的艰辛与美好未来之间的距离。每一次的挫折，都没有让她放弃；每一次的困境，都成为她拉近与幸福距离的动力。

也许，这世间的距离并不可怕，可怕的是失去跨越距离的勇气。朱珠用自己的行动证明，哪怕现实残酷，哪怕距离遥远，只要心中有爱，有希望，就一定能向着幸福不断靠近。

平面设计师崔亮亮

崔亮亮是我公司一名平面设计师，负责图书的排版设计，是地地道道的北京男孩，但是我们喜欢说他是北漂二代，因为他妈妈是外地人。

崔亮亮最烦的一件事就是向别人解释北京高考，因为认识他的每个外地人都会问："你们北京人考清华北大是不是只要三四百分就行了？"崔亮亮每次都会不厌其烦地解释，清华北大在北京的虽然录取率比例高，但是也要很高的分数才能考进去，录取分数不比外地的低。有些人不信，他就会掏出手机搜索清华北大在各地的录取线给对方看。别人看完之后，他就会补充一句，现在网络这么发达，随便上网一查就能一清二楚，大家为什么还喜欢以讹传讹呢。有些人看了录取线之后，不服输，还会再补充一句，北京的高考卷很容易，要是我们那边成绩差的高考生拿这边卷子都能考六七百分。崔亮亮会很生气地说：你们去看看海淀那些"鸡娃"，小学生都能看原版英文小说、拿下中科院计算所的一级程序员的证书、做高等数学。

我们看到崔亮亮着急解释的样子，就故意开玩笑说，他就是没有考上清华北大，怕被人嘲笑高考连三四百分都没有。往往这个时候，崔亮亮会红着脖子争辩说自己高考是580分，读的是普通一本。

崔亮亮的妈妈是皖北人，高中毕业就跟着老乡来北京打工，在一家饭店做服务员，饭店包食宿，给员工在狼垡村里租了个院子给大家住。狼垡村属于北京大兴，北靠丰台，西临房山，是北京三个区县的节点。狼垡公交站是北京交通网络重要站点之一，途经的公交车比较多。崔亮亮妈妈每天大清早就与同事一起坐早班车到西红门上班，晚上又乘末班车回到村里住。

崔亮亮爸爸是一名公交车司机，有一天休班时与几个同学一起到饭店吃饭，遇见了崔亮亮妈妈，觉得这女孩长得漂亮，心里就有了想追求的意思。西红门公交站是他驾驶的公交车的起点站，于是他每天到这家饭店去吃饭，虽然不能高消费，但是炒盘醋熘土豆丝、地三鲜、番茄炒蛋、小炒肉等家常菜是能承受得起的，价格不高，可以轮着点，有时发车时间紧，就来份老北京炸酱面。崔亮亮爸爸原本是自个儿带饭去吃的，从那开始就不带饭了。每天去饭店就是为了见自己心目中的姑娘。

就这样两三个月下来，两人就熟悉了，偶然聊天中得知，原来崔亮亮爸爸也是住在狼垡村，只是他住在村西头，崔亮亮妈妈住在村东头。饭店里的其他服务员也看出了崔亮亮爸爸的意思，就鼓动崔亮亮妈妈主动去交往，要是真能嫁到北京，那就是飞上枝头变凤凰。崔亮亮妈妈见男方长得憨厚，又有一份稳定的工作，心里也是非常乐意。只是自己是外地农村的，男方是不是真心喜欢，心里没谱，更担心男方父母不同意。

两人就这样相识了半年，相互更加了解，但是崔亮亮爸爸为人老实，一直不敢开口表达爱意让女方成为他的女朋友，崔亮亮妈妈于是在同事们的怂恿下，主动出击，在一次崔亮亮爸爸接她下班，两人乘坐公交车时，在公交车上主动牵他的手。就这样两人正式确定了男女朋友关系。

崔亮亮妈妈第一次去见崔亮亮爷爷奶奶时，内心非常紧张，担心被棒打鸳鸯。其实，她想多了，崔亮亮爷爷奶奶非常开明，并没有嫌弃这个外地姑娘，反而很热情，尤其是崔亮亮奶奶说我们这村在1958年之前还隶属于河北省大兴县，后来大兴划归北京，我们才成为北京人，要这样往上数的话，我们也是外地人。崔亮亮妈妈听了这话，心里就踏实了。

崔亮亮爸爸与崔亮亮妈妈过了一年就顺利领证结婚，崔亮亮爸爸年长五岁，但是什么家务活都不会干，崔亮亮妈妈就不一样，什么家务活都会干，对公公婆婆也非常孝顺。时间久了，崔亮亮爷爷奶奶也常念叨让崔亮亮爸爸也要学会干家务活，不能什么事情都让媳妇做。后来，崔亮亮爸爸表现很好，也学着煮饭炒菜，现在炒菜水平比崔亮亮妈妈还高了。

后来，崔亮亮妈妈应聘成了公交公司的一名售票员，又通过申请，与崔亮亮爸爸跑同一辆车。夫妻关系非常恩爱。

崔亮亮来我这边工作之前换了三家公司，第一家是上班太远，他住狼垡村，公司在酒仙桥的798艺术区，待遇不错，但是路途太远，当时公司附近还没有通地铁，他每天要先坐公交，再换地铁，地铁里面还要换乘，然后再出站坐公交才到公司，坚持了半年，实在受不了，就辞职不干了。

我们问他待遇高可以在公司附近租房住啊，他说扣掉房租费和在外面吃饭的生活费，又有什么区别呢？他爸妈也不愿意让他一个人住外面，怕吃不好。

第二家公司是老板对设计不懂又喜欢瞎指挥，每次做设计时，老板对他说你大胆设计。崔亮亮通过文案内容细心提炼出设计元素之后，向老板沟通设计理念时，老板还是那句话："你大胆设计。"然后，崔亮亮就日夜加班完成作品，老板看两眼就说再改改，崔亮亮问怎么修改，老板说总感觉哪里不合适。于是，崔亮亮修改之后再问老板，老板又说这里再改改那里再改改；崔亮亮没办法，就按照老板的意思再修改，然后再送去给老板看，老板看了之后又指出一堆修改意见。就这样改来改去，有时折腾半个月，最终敲定的设计图与最初的相差无二。不怕外行领导内行，就怕外行指挥内行。崔亮亮遇到不是一两次这种情况，而是每次都这样。掌握了老板爱瞎指挥的秉性，崔亮亮后来每次交第一稿时就胡乱做一个应付，然后再根据老板建议左改右改，反正自己工资照样拿，耗费的是公司时间。但是时间久了，崔亮亮感觉自己就是一个会操作设计软件的工具人了，无法施展自己的设计理念，便不愿意跟老板玩下去，辞职走人。

第三家公司创始人是一名年轻的女性，比崔亮亮大五六岁，长得很漂亮，对他也特别好，常常单独请他吃饭，送小礼物给他，甚至下班还开车送他回家。这女子明里暗里向崔亮亮表达爱意，而崔亮亮对她却一点感觉都没有。崔亮亮喜欢那种温柔文静的女孩子，而这女子做事风风火火、雷厉风行。虽然两人单独在一起时，她也会向他撒娇，但是崔亮亮感觉到的不是可爱，而是觉得自己全身在起鸡皮疙瘩。

我们听崔亮亮说到这里时，便开玩笑说："这女子有钱，又是女强人，不需要你养她，多好的事情啊，不在一起可惜了。"崔亮亮说："我感觉跟她在一起，自己像是被包养了，我也试着去喜欢她，但总是觉得她气场太强大了，两人站在一起，自己的男子汉气势荡然无存，我可不想一辈子这样被压抑着。"

崔亮亮不顾这个女创始人的挽留，最终选择离开了那家公司。他与一些驴友花了两个月时间骑行了东北三省，然后又与几位网友去了西藏、新疆、青海等地，无忧无虑地玩了几个月，才开始找工作，就进了我们公司。

崔亮亮刚满三十岁，之前有几段感情经历，他为人很耿直，没有心眼，公司里面几名女同事喜欢八卦家长里短，问他什么，他就毫无保留地跟大家说。

崔亮亮的初恋就是青梅竹马的佳佳，两人住在同一个村，从幼儿园到初中都是同班同学，两人的家长也常开玩笑说等孩子长大了，两家就结成亲家。崔亮亮妈妈在家做什么好吃的，都会让崔亮亮去喊佳佳来一起吃。佳佳家里做什么好吃的，她父母也会让佳佳喊崔亮亮过去吃。到了高中时，成绩优秀的佳佳考进了市重点高中，而崔亮亮只能在大兴一中读书。两人周末依然在一起写作业，有什么好吃的都给对方留着。

高考时，佳佳顺利考进了自己理想的医学院，崔亮亮进了一所普通高校，就读视觉设计专业。很明显，进了大学之后，两人的互动就少了，即使见面，也找不到共同话题。到了大二，佳佳周末回家的时间越来越少。崔亮亮去佳佳学校找过她，佳佳不是在图书馆看书，就是跟老师在实验室里面，她很忙碌，她的理想就是读研读博，然后成为一名优秀的主治医生。而崔亮亮的理想是毕业之后与佳佳结婚。

崔亮亮不是那种花言巧语、能说会道的男生，也没有什么心眼，不会去揣测对方的心思。每次佳佳说周末不回家，他就坐公交车去佳佳学校，佳佳去图书馆看书，他也拿本书坐在佳佳的后排；佳佳要是跟老师进实验室，他就在实验室楼下找个座位，自个儿玩游戏。就这样，一直到了大四的时候，有一天崔亮亮到佳佳学校陪她一起吃饭，佳佳突然跟他说："你该找个女朋友了。"崔亮亮以为佳佳在暗示他向她表白，便鼓起勇气说："我女朋友就是你啊。"谁知，佳佳听了之后哈哈大笑，然后说："别开玩笑，我一直把你当哥哥。"崔亮亮瞬间蒙了，原来自己只是她的哥哥？他不可置信地看着佳佳，没想到，佳佳又说了一句："我现在要考研，学习太忙了，你以后不用过来找我。"

后来，崔亮亮想不起当时是怎样坐车回到自己学校的，他蒙在被子里哭得稀里哗啦，他已经把佳佳当成了自己的生命。寒假在家过年时，他妈妈让他喊佳佳来家吃饭，他看着他妈妈说了一句："人家已经瞧不上咱了。"然后把自己关在房间里。他爸妈了解情况之后，就劝他想开点，感情是讲缘分的，有缘千里来相会，无缘对面手难牵。又鼓励他，说不定以后能遇到更好的。

崔亮亮第二段感情同样刻骨铭心。他在第二家公司上班时，旁边工位上坐的是打扮时尚的女平面设计师莎莎，长相甜美，全身散发着淡淡的香水味。他一度庆幸自己走了狗屎运，居然被老板安排到这么好的位置。

　　莎莎是同事给她起的名字，而她自己的英文名字是Sarah，在英语中，Sarah常被翻译为"公主""女神"，发音为"莎拉"。同事们喊她"莎莎"，她每次都纠正说是"莎拉"，结果下次仍然喊她"莎莎"。久而久之，她也不解释了，于是"莎莎"就成了她的名字。但在崔亮亮的心中，莎莎是他的女神，那种想靠近又不敢靠近的女神。

　　崔亮亮对穿着从不在意，衣服鞋子都是在网上买的，价格不贵，他既不喜欢西装革履，也不喜欢买名牌，他觉得自己哪样舒服就哪样穿，没必要刻意去打扮。他这种简朴形象是老北京人的特点，北京胡同里面的大爷坐拥二三十万一平方米的四合院，在夏天就会穿个大背心、趿着拖鞋，拿个马扎坐门口，看似平常不过的退休老头，个个身家不菲。

　　崔亮亮来公司上班时，只有老板和负责人事招聘的知道他是地地道道的北京人，住在大兴狼垡，家里其他情况也就不了解。而单位的同事，问他住哪里，他就说住狼垡。有人认为他是在村里租房住，问他那边租金如何？他也不解释，就说一间房不到一千块钱。于是，他就被同事在心里打上了标签——"在村里租房住的外地人"。

　　公司里那些年轻的同事在一起聊天时，最多的话题就是买房子，北京各区县的楼盘摸得一清二楚，哪个学区房配套哪几所学校，哪个楼盘的旁边已经规划了地铁站，等等。崔亮亮从来不与他们聊这些话题，有人问他计划什么时候买房，他就说没有这个计划，房价太贵，买不起。有些女同事见崔亮亮长得还不错，本来有心与他发展发展关系，但是听他这么说，就觉得这男生不思进取，在北京都没买房的计划，家境应该很一般，于是也打消了发展男女朋友关系的念头。

崔亮亮属于那种做事踏踏实实的类型，在工作上任何人找他帮忙都不会拒绝，休息的时候同事三三两两在一起聊天，他一个人坐在工位上玩游戏或者听音乐。在同事眼里他是个老实好男生，大家挺愿意与他相处，有些同事私下聚餐时也喜欢叫上他，他也不推辞。他是公司里与任何人没有矛盾冲突、也没有利益冲突的人，不像有些人表面上是哥们、姐妹，背后却搞一些小动作，说对方坏话。

崔亮亮在工作上常常帮助莎莎，有时莎莎请假提前下班走人，崔亮亮主动帮她把当天该完成的设计图做好。他想接近莎莎，但莎莎只是与他保持着普通同事的关系。他从莎莎与一些女同事聊天中得知，莎莎有男朋友，对她很大方，莎莎衣服、鞋子、包包和化妆品，都是男朋友买的。莎莎用微信发语音批评男朋友，她男朋友一句怨言都不敢说。莎莎与一些女同事聊天时说她男朋友天天死皮赖脸缠着她，她又不好意思拒绝人家，先处着，慢慢培养感情。

崔亮亮知道莎莎喜欢喝星巴克的咖啡，但他又不好意思单独给她买，于是就给设计部门五六个同事一人一杯。几乎是每天都买。有女同事觉得不好意思，想给他钱，他就说都是小钱，没关系。他这行为让同事们很迷惑，大家工资都差不多，他天天这样买，一个月下来也要花不少钱，没必要这样每天糟蹋钱吧，大家作为上班族可都是省着钱用来交房租和吃饭呢。时间一久，大家就明白了他是在讨好莎莎，于是有些人就找借口婉拒他买咖啡，最后就变成，他每次只买两杯，自己一杯，莎莎一杯。

莎莎是什么人？情场上火眼金睛，早就看出了崔亮亮对她有意，虽然比她男朋友帅气，但是没有她男朋友会打扮，也没有她男朋友那样能说会道。她男朋友天天说要努力挣钱给她买房买车，而崔亮亮却从来不谈买房买车的事情，一副没出息的样子。她的理想就是在北京买房买车，扎下根，然后让自己父母也到北京来生活，所以打心眼里是有些瞧不上崔亮亮。

其实，崔亮亮的家境一般，但又不一般，确实从来没有考虑过买房。他父母在公交公司上班，与爷爷奶奶住在一起，一家五口人，拥有一个占地面积三百多平方米的农村四合院。目前他们村庄附近已经在开发，如果按照附近村庄拆迁补偿政策的话，他家至少能拿到六套房的赔偿。所以，他

家从来就没有考虑买房，一来这个四合院住一家五口人是绰
绰有余，就算崔亮亮将来结婚住在这四合院里面，也不拥
挤；二来在城市开发大进程中，他们村是迟早要开发的，只
是时间早晚的问题，没有必要把工资拿出来去再买套房，何
况工资也是有限的，交不起全款，还得背上房贷，降低生活
品质。所以，看起来崔亮亮过得普普通通，其实他的条件已
经远远超过了很多上班族。只是一直没人知道而已。

　　崔亮亮本来以为自己与莎莎无缘了，谁知道在他来上班
半年后，莎莎失恋了，她说男朋友见异思迁抛弃了她。那几
天，她在办公室精神状态非常不好，崔亮亮觉得这对自己来
说是个机会，就安慰她，在一个月之内，请她去国贸米其林
餐厅吃大餐，请她去北京音乐厅欣赏世界级大师演奏钢琴，
请她去琉璃厂荣宝斋看书画展，请她去欢乐谷坐过山车，等
等，他变着法子让莎莎开心。两人的关系也飞速发展，很快
就确定为男女朋友关系。

　　两人正式确定关系之后，在莎莎的要求下，崔亮亮带
着她到了狼垡见家长。莎莎长得漂亮，很会说话，嘴特别
甜，崔亮亮的爷爷奶奶见了非常高兴。莎莎回去之后，崔亮
亮的妈妈就找他谈话，说莎莎长得漂亮，虽然来家时也帮忙
下厨做饭，但是可以看得出来，她并不太会做饭，也不是会
过日子的人。崔亮亮此时正在热恋中，直接怼他妈妈一句：

"当年爸爸也不会做饭，您不是也嫁过来了吗？不做饭可以学嘛，爸现在做饭就是比你的好吃。"崔亮亮爸爸是个不爱多话的人，劝道："儿子这么大了，让他自己拿主意，咱俩瞎操心什么？"崔亮亮的爷爷奶奶见孙子带女朋友回来，又长得这么漂亮了，也在一旁说："先谈着嘛，年轻人的事情，咱们少管。"崔亮亮的妈妈见大家都不帮她说话，当着大伙的面是不吭声了，但是私下里却跟他啰嗦不停。

自从上次莎莎去了崔亮亮家之后，两人的感情更深了，崔亮亮的妈妈啰嗦久了，崔亮亮就烦，干脆就搬到莎莎这边住。

莎莎租住的房子到公司更方便，不用换乘地铁，半小时就到，而崔亮亮从狼垡到公司上班要将近一个小时。于是，他搬出去的借口就是上班近。

崔亮亮对莎莎非常好，房租费、生活费、吃穿用度，全都包了。他周末也很少回家，两人要么逛商场购物吃大餐，要么就买周五晚上的高铁票到另外一个城市去旅游，周日晚上再坐高铁赶回北京。两人过着幸福的二人世界。

崔亮亮之前上班时开销少，虽然存了一些钱，但是现在开销大，很快就把钱花光了，手里的那些工资肯定是不够用的，幸好他爷爷奶奶很疼他，见他微信朋友圈经常晒各种吃的、晒各地旅游，知道很花钱，也不用他开口，会不定期给他银行卡里打些钱。

就这样过了四五个月，莎莎主动向崔亮亮提出结婚，她说自己就是看中他为人实在，是想与他在一辈子的，并给他规划结婚之后到时去海淀买套学区房，这样以后小孩就能得到更好的教育。崔亮亮毕业这几年接触了一些在海淀和西城区接受优质教育的朋友，对各区的教育情况有了更清晰的认识，觉得莎莎说得很有道理，不仅同意这个提议，而且还说等自家房子拆迁时少拿房子多拿赔偿款，这样拿到钱之后才能到海淀买房，将来一定要给小孩创造更好的条件。莎莎知书达理，崔亮亮觉得自己上辈子是拯救了银河系，不然哪有这么好的运气遇见她呢。

崔亮亮的妈妈没想到儿子与莎莎的恋爱真的是奔着结婚去的，她本想反对，但是见儿子与莎莎这近半年以来两人相处得很好，她也无话可说，只得同意了，并且还让莎莎邀请在外地的爸妈来北京，一起商量结婚事宜。

在莎莎爸妈还没来北京之前，崔亮亮全家商量认为家里多少还有些积蓄，可以考虑给崔亮亮在丰台买套现房或者次新房作为婚房，家里掏钱交首付，到时让两个年轻人负责按揭月供。今年把房子买好，然后装修，明年开春入住新房，结婚。

莎莎很懂事，说这个不着急，婚房在哪里都行，在狼垡这里也可以，房子可以等结婚了再买。崔亮亮妈妈就说那就先看看有没有合适的房子，现在外地很多期房都烂尾了，虽然北京这种情况很少，还是买现房心里踏实，所以要找到心仪的房子，也得花时间。她让崔亮亮和莎莎两个安心上班，她找到合适的房子再让两人来看。

虽然房子还没有确定，但是崔亮亮和莎莎已经在网上看各种各样的房屋装修效果图和各式家具、电器，一起讨论要把这个新房子装修成什么样的风格，憧憬着美好未来。

崔亮亮几次给他妈妈发视频问房子的事情，而他妈妈要么匆匆说几句正在忙，要么就直接挂断，过了一会儿才回过来说在做饭，或者说在打扫卫生。崔亮亮的爸妈都还没到退休的年龄，开公交车，虽然也是有双休，但是两人的双休不一定就是周末，白天都比较忙，除非是倒班在家休息，否则白天是根本没有时间与崔亮亮通话的。崔亮亮几次问要不要把倒班时间调在周末，这样可以一起去看房子，而他妈妈却总是说倒班会影响其他同事正常休息，就拒绝了。崔亮亮妈妈在家做事向来是很有主见，也喜欢操心，崔亮亮就懒得多问了，一到周末与莎莎该出去玩还是出去玩。

过了两个月，崔亮亮带着莎莎回到狼堡时，刚踏进家门，就发现不对了。开门的爷爷怎么一下子给人感觉老了二十岁，头发全白了，背驼了，没有了以前的精气神。崔亮亮忙问爷爷是不是身体不舒服，爷爷没有说话。接着他看到站在院子里的奶奶，也苍老了很多。他内心不由得紧张起来，家里是不是出什么事情了？前段时间曾提出想周末回家吃饭，他妈妈说陪莎莎多走走，结婚之后生小孩了就没这么自由了。

果不其然，家里出事了。原来崔亮亮爸爸在一个月前突发脑溢血，晕倒在地上，送到医院进行了紧急抢救，属于重症患者，现在还在医院里住院，还查出肾脏、肝脏也有问题。为了让他爸爸早点康复，他妈妈让医院用了很多进口高价药。他妈妈和他爷爷这段时间是天天在医院里轮流看护。为了不让崔亮亮担心，他妈妈一直隐瞒着没有跟他说。

崔亮亮从爷爷奶奶口中得知此事之后，急忙带着莎莎打车去医院，他爷爷怕他找不到，也跟着一起去了。到了医院，崔亮亮看到他爸爸躺在床上，人已经瘦了一大圈，而他妈妈也苍老了很多。他妈妈见崔亮亮来了，强抑着眼泪又大致讲了一下他爸爸的病情，而他爸爸躺在床上安慰崔亮亮说没事，很快会出院的。

晚上，崔亮亮想留在医院守夜，他爸妈和他爷爷都不同意，他爷爷留在医院，他妈妈与他、莎莎一起回到狼垡的家。吃完饭，已经很晚，他妈妈当着他奶奶的面，突然郑重其事地跟崔亮亮和莎莎谈起了买房子的事情。

"你爸爸这病要花很多钱，为了早日康复，选用了很多国外进口的药，这些都不在医保范围之内。目前家里的积蓄都已经花完了，我和你奶奶商量把这个院子给卖了，给你爸治病。"崔亮亮妈妈对崔亮亮说。

崔亮亮从来没有遇到过这种大事，一时没有了主意，只有点头说："给爸爸治病是大事，我们要不惜一切代价。"

"阿姨，我听亮亮说，爷爷奶奶也有些积蓄，也都花了吗？这房子以后要拆迁，现在卖了是不是太可惜了？咱们有没有别的办法？"莎莎在一旁关心地问道。

听莎莎这么说，崔亮亮忙把眼光看向坐在对面的奶奶。她奶奶叹了口气，低下了脑袋。崔亮亮妈妈看了他奶奶一眼，也叹了口气，说道："你爷爷奶奶确实手里有笔钱，但是你奶奶有次到银行查看退休工资涨了多少时，被银行大厅里面一个负责做投资理财的经理推荐，全部买了一款理财产品，这几年过去了，前几日到银行查看时，这笔钱都没了。打听才知道，是一家公司推出的产品，高收益，但是风险是由投资者自己承担。现在是要不回来了，很多人都遇到这种情况。"

崔亮亮听完气得大骂，他奶奶又叹了口气说："我老糊涂了，当时听那个小姑娘介绍得挺好，又是在银行里面办公，也不需要把钱取出来给她，只要我签几个字就行。我也就没想那么多，就把字签了。这是我和你爷爷省吃俭用几十年攒下来的钱。"

"报警，您有没有报警？"崔亮亮气愤地说。

"已经报了，警察说这是我们自己投资不谨慎，合同里面也写得很清楚，自负盈亏，就跟买股票一样，有赚有赔。"崔亮亮妈妈插嘴介绍。

她见崔亮亮还想说什么，就伸手打住，继续说："你爷爷奶奶这个事，以后再慢慢处理，眼前最重要的是赶紧准备钱，你爸爸过段时间还要做个手术，这个不能等。所以，我想跟你两个说一下，我准备把这院子卖了，从中间拿一部分钱出来给你们买房子交首付，其余的都留给你爸爸用。"

崔亮亮听了忙说："我和莎莎买房子不急，我们自己上班挣钱再买。卖房子的钱，您都留着。"

崔亮亮妈妈看了一眼莎莎，又看了一眼他奶奶，说道："那不行，咱们不能委屈了莎莎。等你爸爸出院，我再去给你们找房子，咱们这院子卖了，能挤出一部分钱买房的。你两个不用担心。"

崔亮亮还想说些什么，他妈妈说太困了想早点休息。第二天，崔亮亮和莎莎去医院陪护他爸爸，崔亮亮打饭、打水、拿药、喊护士换药忙个不停。莎莎是女生，在这里也帮不上什么忙，到了中午，崔亮亮就让她先坐车回租住的房子，他要一直忙到晚上再回去。

从那天晚上开始，崔亮亮明显感觉到莎莎情绪不好，最初他还以为是关心他爸爸的病情，然而没几天，因为一件很小的事情，莎莎居然向崔亮亮发脾气了，这是他两个相识以来第一次发脾气。接着几天，生气成了家常便饭，动不动就摔门出去。崔亮亮因为他爸爸的病情，本来心情就很烦躁，莎莎发脾气，他也没心情去哄，甚至两人还吵架了。

短短的半个月时间，崔亮亮与莎莎的感情出现了明显的裂痕，崔亮亮关心他爸爸的病情，每天下班就到医院里来，陪他爸爸聊聊天，有时晚上直接回狼堡住。

有天晚上，他和他妈妈正在医院陪他爸爸聊天，他妈妈关心地问莎莎这么晚了有没有吃饭。崔亮亮说："不用担心，我们住的小区有社区食堂，菜品多，价格也很实惠。她有时懒得出去吃，就会点外卖。"他并没有告诉他妈妈，他与莎莎最近偶有吵架的事。

他妈妈说："下次来之前，先陪莎莎吃完饭再来，她一个人在家说不定就胡乱买些吃的，时间长了对身体不好。"

"没事，家里客厅装了个摄像头，我现在看她在没在家。"崔亮亮说完就打开手机里面的一个摄像头App，很快就连上网，摄像头清晰地对着门口，而莎莎正坐在沙发上。只能看到一个侧影，好像在跟人通电话。

"我们经常出去旅游，怕家里进贼，就买了个摄像头在家，只要有人进门，就能看得一清二楚，而且还能回放好几天的录像。"崔亮亮边说边介绍，"这个不仅能录像，打开耳麦就能听到那边的声音，还可以与她对话。我把耳麦打开，听听她说啥。"

崔亮亮妈妈刚想制止他别开耳麦，偷听打电话不礼貌，但是崔亮亮已经把App上的那个耳麦图像点亮了，随后就清晰地传来莎莎说话的声音。

三人听了不到三分钟，脸色越来越凝重，崔亮亮的爸爸原来是半躺在床上的，听着听着也不由得坐了起来。听说话口气，莎莎应该是与自己一个非常好的姐妹通话，无话不谈。直到莎莎挂断电话，崔亮亮才关闭摄像头。一家三人，面面相觑，一时竟然不知说什么。

气氛就这样尴尬了好几分钟，崔亮亮像鼓足了勇气，说了一句："我明天就与她分手。"

他妈妈拍了拍他的肩膀说："儿子，我相信你会找到更好的。"

原来，莎莎在电话里与好姐妹说，自己之所以选择崔亮亮，就是看中他家是北京的，有一座四合院，拆迁能拿到好几套房子，就算离婚，她还能得一两套房。现在为了救他爸爸居然要把这个四合院给卖了，这治病可是无底洞啊，没钱了还结什么婚？才不想跟他吃苦。但是崔亮亮对她很好，在她身上花了很多钱，自己开口提分手，显得太无情了，所以现在天天与他吵架，就是想逼他提分手。

这时，崔亮亮想起有次用莎莎电脑帮她做图时，在浏览器的历史记录中看到她曾浏览过"婚前买房和婚后买房的区别""夫妻共同财产如何鉴定"这样的网页，当时他没在意，甚至还同意莎莎说的到时拿拆迁款去海淀买房子，这让他不由得想起前几天看的一个新闻。

新闻里说：上海有个老太太给儿子婚前买了一套房子，结果结婚不久，儿媳妇以子女将来上学、置换学区房为理由，把婚前的房子卖了，拿到钱再另外买了一套房子，这套新房子就变成了婚后夫妻共同财产，然后不到一个月，儿媳妇闹离婚，分走了一半房产。上海的房价不菲，这一半房价就有四五百万元，而这个女子与老太太儿子结婚到离婚，前后不到半年时间。从此，还诞生了一个新词"洗房"，通过结婚的形式，用某些手段，把一个人的房产变成两个人的，再通过离婚，合法地把一半房产拿走。

崔亮亮越想越生气，尤其是结合莎莎一直说，婚前买不买房无所谓，等结婚了之后再买也行，她是看中他的人，不是看中房子的。之前他还以为莎莎是跟别的女生不一样，别的女生是没有房子不嫁。原来，别的女生是担心男方没实力买房子，怕嫁过去自己受委屈，而莎莎她根本就不担心他崔亮亮没有房子，她要的不是有房子住，而是要拥有房子，成为房子产权的拥有者。

崔亮亮与莎莎和平分手，他没有撕破莎莎虚伪的面纱，只是说自己心太累了，分手算了。他本以为莎莎会演戏一下，假装不同意，没想到她很干脆地同意了。

崔亮亮心情不好，在公司里面做的设计图也总被老板改来改去，于是就决定离职。在离开时，另外有个女同事向他揭开了莎莎为什么突然同意与崔亮亮交往的原因。原来有一次崔亮亮与公司老板在过道上聊天，老板问崔亮亮家那边拆迁的情况，崔亮亮也就如实说了。而她与莎莎正在过道拐角处，把两人的对话听得一清二楚，也就是从那天起，她和莎莎才知道崔亮亮是北京人，而且家里有大房子等着拆迁，拆迁之后至少能拿到六套房赔偿。后来不到一个礼拜，就听说莎莎与男朋友分手了，很快就与崔亮亮确定了男女朋友关系。

听了女同事这么说，崔亮亮也终于想明白莎莎为什么与他交往的原因了，也明白为什么交往一个月，莎莎就主动要求登门看望他爸妈了，原来是实地考察呢。

崔亮亮辞职回家，与他妈妈轮流到医院照顾他爸爸，爷爷年龄大了，不能让他来陪床。他家的房子虽然说要卖，但是一直没有挂牌出售。崔亮亮问他妈妈，他妈妈说钱已经想办法筹到了，暂时不用卖。

就这样又过了一个月，崔亮亮爸爸的手术非常成功，并顺利出院。到这时，他妈妈才跟他说了实话，说爷爷奶奶的钱被骗买理财产品这是假的，只是把村里另外一个老人家买理财产品被骗的故事借用过来；她见他与莎莎到处吃喝玩乐，花了不少钱，那天从病房里回来，就故意说要卖房子，只是想试探一下莎莎而已，并且还让他奶奶帮忙配合演一下戏。没想到，结局出现了意外。

崔亮亮没有埋怨他妈妈，反而感谢他妈妈的用心良苦，他也觉得自己那段时间确实被所谓的爱情冲昏了头脑。

崔亮亮爸爸出院回家，提前办理了退休在家休养，也不需要他照顾，于是他又找了一份工作，就有了被公司女创始人看中、主动追求他的事情。崔亮亮说，那不算谈恋爱，因为两人一直没有正式交往。崔亮亮在这家公司没做多久，就离职了。

前几天，我们公司一起聚餐时，正好官方发布了一条新闻，北京地铁9号线南延的线路正式确定，确定了从郭公庄到大兴新城西片区芦城南，沿线设有狼垡站。崔亮亮看着新闻说："通地铁了，我还舍不得拆迁了。"

有同事笑着说："要修地铁，说不定拆得更快。"

崔亮亮叹了口气，说："谁知道呢。"

在这纷繁芜杂的世界中，心与心的距离，时而近若触手可及，时而远似遥不可及。当我们以真诚之心相待，以挚爱之情相拥，心与心便能相融无间，譬如崔亮亮父母之间的爱情，即便两人家庭背景差异显著，却依然能相伴一生。反之，莎莎怀着叵测居心与崔亮亮交往，这样的感情自然经不起任何风浪的考验，最终只能分道扬镳。

然而，即便是青梅竹马，学识与远见的差异也可能化作难以跨越的天堑。一旦心的距离被拉开，曾经的温暖亦会烟消云散，恰似崔亮亮与佳佳的结局。

这世间的情感变幻莫测，心与心的距离也难以捉摸。唯有真诚才能消弭距离。

《距离：漂在北京的那群人》

每个人的故事还在继续……

◆ 老张的大女儿已是大二学生，读的是人工智能专业，二女儿今年高考……

◆ 小刘是在 2024 年国庆节那天结婚的，女方也是一名快递员，两人筹划今年在北京买房……

◆ 魏大爷儿子已在天津买房落户，下半年他就要去陪读，照顾孙子上学……

◆ 葛阿姨的儿媳妇已经再婚，还住在原来房子，孙子已读初中，长得比她还高……

◆ 元三的业务有了新的起色，儿子带了日本女朋友回国过年，还说计划去香港读研究生……

◆ 邱力去年实现了"三胎"任务，与姐姐的公司也有了新的发展，每次直播带货销量越来越高，但他说利润却是越来越低……

◆ 子禾与朋友一起合伙开了一家传媒公司，主要是给一些品牌企业做自媒体运营，熬夜、改稿成了家常便饭……

◆ 何校长的装饰公司搬到了亦庄，去年底去他公司看了一下，他又开始在谋划如何做大做强……

◆ 朱珠已经在北京买房，几次见面都说现在是"房奴"了，每个月的银行按揭的月供像一座大山……

◆ 崔亮亮家的四合院拆迁了，可他还是每天按时来公司上班，可惜还没有找到女朋友……

作者记录于 2025 年 2 月 21 日

我们的故事也在继续………

期待您分享

《距离》的读后感

或您的故事

　　您手机备忘录里未发送的辞职信，合租屋里不敢哭出声的深夜，地铁换乘通道中突然崩溃的瞬间——这些未被霓虹照亮的褶皱，都是《距离2》等待收藏的城市琥珀。

　　每一段在早高峰沉默的往事，都值得成为照亮他人的星光。

　　请将您的故事寄往：juli2025@163.com（邮件主题：距离+您的故事关键词）

我们会：

◆ 在每个周末23：17分（北京失眠症候群
　集体心跳声）拆封来信

◆ 把特别疼的故事铸成铅字碑林，让您成
　为下一本书的故事主角（可以匿名）

◆ 为写出《距离》优秀读后感和讲述感人
　故事的读者，赠送下一本新书

您留在邮件里的叹息与微笑，可能成为

某个程序员续租时的勇气

某个新手妈妈挤地铁时的止痛片

某个毕业生站在天桥时的火柴光

"所有带着伤赶路的人，都是彼此的创可贴"

——您留在 juli2025@163.com 的文字，正
在重新定义"距离"这个词的温度。每一封邮
件都是城市叙事诗的注脚，您写下的每一个文
字，让平行时空里的陌生人，也能触摸到您灵
魂的掌纹。